The Nimrod Flip-Out
Etgar Keret

最后一个故事，
就这样啦

［以色列］埃特加·凯雷特 著
方铁 译

人民文学出版社
PEOPLE'S LITERATURE PUBLISHING HOUSE

著作权合同登记号：图字 01-2016-9216

The Nimrod Flip-Out
Copyright © Etgar Keret
Worldwide Translation Copyright ©
The Institute for The Translation of Hebrew Literature
Simplified Chinese Copyright ©
Shanghai 99 Readers' Culture Co., Ltd 2017
All rights reserved.

图书在版编目(CIP)数据

最后一个故事，就这样啦／(以) 埃特加·凯雷特著；方铁译. — 北京：人民文学出版社，2016
(埃特加·凯雷特作品系列)
ISBN 978-7-02-012044-4

Ⅰ.①最⋯ Ⅱ.①埃⋯ ②方⋯ Ⅲ.①短篇小说-小说集-以色列-现代 Ⅳ.①I382.45

中国版本图书馆 CIP 数据核字(2016)第 234857 号

责任编辑　卜艳冰　仲召明
封面设计　Mirro

出版发行　人民文学出版社
社　　址　北京市朝内大街 166 号
邮政编码　100705
网　　址　http://rw-cn.com

印　　制　上海利丰雅高印刷有限公司
经　　销　全国新华书店等

字　　数　90 千字
开　　本　890 毫米×1240 毫米　1/32
印　　张　5.25
版　　次　2017 年 4 月北京第 1 版
印　　次　2017 年 4 月第 1 次印刷

书　　号　978-7-02-012044-4
定　　价　42.00 元

如有印装质量问题，请与本社图书销售中心调换。电话：010-65233595

目 录

001	肥仔性幻想
005	向图维亚开枪
010	在蒙巴萨的一个吻
013	你的人
019	日行一善
023	史瑞奇
026	泡了汤的百分之八
031	骄傲与欢乐
038	尘埃
040	蛮可爱的
045	好人古德曼
051	亮闪闪的眼睛
056	"后备箱"泰迪
061	发生故、故障

063	无首之男
067	比目鱼
072	小矮马
076	时差综合征
082	我的女友是全裸
085	瓶子
088	拜访驾驶舱
094	故事的形状
097	古尔关于无聊的理论
101	十八岁姑娘的奶子
105	歪了
110	婴儿
112	怎样让好剧本成为精品
116	铁律
119	拉宾死了
123	看上去很好的一对儿
127	角度
130	最后一个故事,就这样啦
133	黑米
156	第二次机会

肥仔性幻想

被惊到了？我当然被惊到了。你跟个姑娘出去了。第一次约会，第二次约会，在这儿吃顿饭，在那儿看部电影，但总只约在白天。你们上床了，干得超级带劲，感情很快随之而来。随后，她有一天眼泪汪汪地来了，你拥抱她，让她放轻松，告诉她一切都好，但她说她再也忍受不了了，她有个秘密，不仅仅是个秘密，而且是极其糟糕的事儿，是一个诅咒，一件她一直都想告诉你却没有勇气开口的事。这件事给她带来的千钧重压让她日渐消瘦，她现在不得不告诉你了，她只能说出来，但她知道自己一旦这么做了，你就会离开她，而你离开也是理所当然的。她倾吐心声之后，又哭起来。

我不会离开你的，你告诉她，我绝不会，我爱你。你应该看上去有点沮丧，但你没有。你即使难过了，也是因为她哭了，而不是因为她的秘密。你知道迄今为止让一个女人心碎欲绝的那些秘密通常的路数：爱过一只动物，或者摩门教徒，或是花钱跟她做那事的人。我是个婊子，她们总是泣不成声地说。你拥抱她们，并说，不不，你不是，你不是。或者嘘……她们如果不住嘴的话。我要说的事真的很糟糕，她坚持道，仿佛觉察出你对此漠不关心，即使你努力掩饰这一点。你胃部的深处的确觉得这很糟糕。但你告诉她，这主要是因为声学效应。你一旦把胃部的不适释放出来，就不会觉得那么糟糕了——肯定的。她几乎相信了这说辞。她犹豫了一会儿又问：我如果告诉你，我夜里会变成一个笨重多毛，没脖子，小手指上戴金戒指的男人，你依然会爱我吗？你告诉她你当然会爱她。你还能说啥？说你不爱？她只是想考验你，看你是否无条件爱她——你一向都能通过所有测试。你说了这话之后，她立刻会温柔如水，你就能操她了，就在客厅里。之后，你们躺在那儿紧紧相拥，她哭了，因为她得到了释放，而你也哭了。一切搞定。和以往每次不一样，她没有起床，没有离开。她留在你身边，酣然入睡。你清醒地躺着，望着她曼妙的身姿。在落日余晖里，不知打哪儿出现的月光在她的玉体上闪烁，轻抚她的背，银色柔光如发丝一般。而在不到五分钟时间里，你发现你正挨着一个家伙躺着——一个矮胖子。那家伙起来对你笑笑，笨拙地穿衣服。他离开房间，你跟着他，茫然无措。

他如今在小卧室里，粗壮的手指摆弄着遥控器，转到体育频道。足球锦标赛。球员传球失误，他朝着电视咒骂；球队得了分，他站起来，跳个胜利的小舞蹈。

他看完球赛，告诉你他渴了，胃咕咕叫。他想喝瓶啤酒，吃一大块可口的肉。可以的话，肉要全熟，多加洋葱圈，也可以再来点猪肋排。所以你进了车，带他去他知道的这家饭馆。这出乎意料的新情况让你焦虑。的确是让人焦虑的状况啊，但你不知道能做些什么。你的指挥操控中枢崩溃了。你恍恍惚惚，在高速出口处换了挡。他就坐在你身边的副驾驶座上，轻敲着小手指上的金戒指。在下一个路口，他摇下他那边的车窗，向你使个眼色，对着一个想搭车的小妞吆喝：嗨，宝贝，想上后座找点乐子吗？之后，你们俩置牛排、肋排和洋葱圈于不顾，弄到快爽翻了。他享受每一次咬啮，笑得像个婴儿。在那整个过程中的每一个瞬间，你都告诉自己，这只是个梦。一个奇异的梦，是的，你肯定随时都能跳脱出这个梦。

在你们回去的路上，你问在哪儿放他下车。他假装没听见你说话，但看上去很失望。所以你把他带回家。差不多是凌晨三点了。我要睡了，你告诉他。他跟你挥挥手，继续坐在懒人沙发上，盯着时尚频道。第二天早晨，你醒来，感到精疲力竭，还有一点胃痛。而她就在那儿,在客厅里,还在打盹。但你洗完澡后,她起身了。她内疚地拥抱你,而你尴尬到什么也说不出来。时光流逝,你们依然在一起。你们做爱时,你的感觉越来越好。她不再年轻,你也不年轻了,你突然发觉自己在讨论孩子问题。夜晚,你和那肥仔去城里逛,你感觉自己一生从未去过城里。他带你去你根本不知其存在的饭馆和酒吧,你们一块儿在桌上跳舞,像再无明日似的摔盘子。他真的很棒,这肥仔,有一点粗鲁,尤其跟女人们一起时,有时会发表些让你想死的言论。但除此之外,跟他在一起很有乐趣。你第一次遇见他时,对足球毫无概念,但如今你对每支球队都了如指掌。每当你力挺的队伍赢了,你感觉好像许的愿成了真。你几乎不了解他在想什么,这是非常特别的感觉。经常在你渐入梦乡时,他还强忍睡意,看阿根廷队的比赛,而每天早晨她又出现,你爱着的、她受伤时你想要抚慰的女人。就是这样。

向图维亚开枪

致什穆里克

我九岁生日时,班上算得上最讨人厌的小孩阿拉南·扎古里送了我图维亚。他走了大运,在我生日当天,他的狗正好下崽。一共有四只,他的叔叔本来准备把它们都扔到河里去,而阿拉南希望给班上同学送礼又不用花钱,就把其中一只送给了我。狗狗好小,呼吸像大喘气,但如果有人拿起它的箱子,它会发出低沉得一点都不像小狗的咆哮。可逗了,好像在模仿别的狗。所以我叫它图维亚,因为图维亚·特沙菲尔这家伙总是在电视里模仿政客。

从第一天起,我爸爸就受不了它。图维亚也不太在意我爸爸。其实,除了我,图维亚对其他人都不太喜欢。从一开始,它还是只小狗崽时,就对每个人吠个不停。它长大一点儿后,会抓咬每个过于靠近它的人。米奇,一个几乎从不说人坏话的人,都说我的狗太差劲了。但它从来不咬我或伤我。它经常跳到我身上来，舔我，每当我离开它，它就呜呜抱怨。米奇说这不代表什么，因为我是喂它的人。但我见过很多狗对喂它们的人也吠叫，我知道图维亚和我之间的纽带不光是食物，它真的喜欢我。它就是喜欢我。没有原因。去了解了解狗。有些喜欢是很强大的。我妹妹也喂它，但它恨死我妹妹了。

早上，我去学校，它想跟着我，但我让它留下，因为我害怕它大声吵闹。我们院子周围有圈钢丝网围栏。有时候，我回家，看到图维亚对着一些胆敢走来我们街上的可怜流浪汉吠叫。它疯劲太足了，围栏快要被它扯碎了。但它在发现我的瞬间温柔如水。它立刻匍匐在地，摇着尾巴，叫着，跟我倾诉那天所有在我们街上行走的恶魔，害得它神经紧张，以及他们能从那儿走过去是多么幸运。它已经咬了他们中的几个人，但对我来说幸运的是，他们都没来抱怨，因为即使没这些事，爸爸也看图维亚不顺眼，等着机会摆脱它。

最终事情还是发生了。图维亚咬了我妹妹，她必须去医院缝针。他们一回到家，爸爸就带着图维亚去了车里。我没过多久就明白要发生什么事，开始哭泣，所以妈妈对爸爸说："好了，约书亚，你忘了这事吧。它是儿子的狗。你看看他有多伤心。"爸爸什么也没说,只是让大哥跟他去。"我也需要它,"妈妈仍然试图阻止,"它是条看门狗,可以防小偷。"爸爸在上车前停了一小会儿,说:"你要条看门狗干什么?有人来这一带偷东西吗?再说,这儿有什么可偷的?"他们把图维亚扔进河里,徘徊了一阵子,看着它被冲走。我知道事情的经过,因为哥哥是这样告诉我的。我在他们把它弄走那晚之后再也没提起过它,也没再哭过。

三天后,图维亚在学校出现了。我听到它在下面叫。它脏得要命,臭烘烘的,但除此之外一切如常。我为它能找回来无比骄傲。这证明米奇说它不爱我的话并不是真的。因为图维亚和我之间如果一直以来仅仅是喂养关系,它不会回到我身边。它直接来学校这一点说明它很聪明。因为它如果直接回家而我又不在家,我不知道爸爸会干出什么事来。

妈妈跟爸说图维亚也许吸取教训了,爸爸说,从现在起,必须一直用皮带拴住它。它如果再想咬什么,扯什么,必须拉皮带。

事实是,图维亚没从已经发生的事情中吸取任何教训。它变得更疯狂了。每天,我从学校回来,都看见它像疯子般对着任何偶然路过的行人吠叫。一天,我回家,它不在那儿,爸爸也不在。妈妈说边境巡逻队来人了,因为他们听说图维亚是条警觉性很高的狗，他们想招募它，现在图维亚是条追捕试图偷越边境的恐怖分子的侦察犬了。我假装信了她的话。那晚，爸爸开车回来，妈妈在他耳边低语一阵，爸爸点了点头。这次他驱车一百公里，一直开到盖代拉才给图维亚松绑，以确保它找不回来。我知道事情的经过，因为哥哥是这样告诉我的。哥哥还说，这是因为图维亚那天下午挣脱皮带，咬了捉狗的人。

即使是开车，一百公里也是很长一段路，步行的话要长上一千倍，尤其是对一条步幅只有成人四分之一的狗来说。不过三周后，图维亚回来了。它在校门口等着我。它看到我时没叫一声，只是摇了摇尾巴，也没站起来，可见它精疲力竭。我给它弄了些水，它肯定舔掉了不下十碗。爸爸看到它，觉得难以置信。"这狗是个诅咒。"他对飞快从厨房里拿了些骨头给图维亚的妈妈说。那晚，我让它待在我的床上。它比我先睡着，整晚哀鸣低嚎，抓咬任何在它梦中撒尿的人。

它偏偏在所有人中选了奶奶。它没咬她。只是跳到她身上，把她扑倒了。她头上鼓起一个大包。每个人都去扶她站起来。我也是。但随后妈妈让我去厨房拿杯水，我回来时，看到爸爸拖着图维亚往车里走，看上去气疯了。我没哭，妈妈也是。我们知道它是自作自受。爸爸又叫哥哥跟着，但这次他叫哥哥拿上 M-16

步枪。哥哥只是个炊事兵,但他们还是给他发了支枪。起先他没明白,问爸爸要枪做什么。爸爸说,为了让图维亚再也回不来。

他们把它带到垃圾场,朝它的头上开了枪。哥哥告诉我图维亚没意识到发生了什么事。它心情很好,为在垃圾场找到的好东西飘飘然。随后,砰!从我哥哥跟我说起这事的一瞬起,我几乎再没想过图维亚。之前那几次,它在我脑子里挥之不去,我一直想象它在哪儿,在做什么。但现在没什么可想的了,所以我尽可能不想它。

六个月后,它回来了。它在学校的运动场上等我。它的腿出了毛病,左眼闭上了,下颌看上去彻底瘫痪了。但它一看到我,看上去真的很高兴,像是什么事都没发生过。我带它回家,爸爸上班还没回来,妈妈也不在。但他们回来后也没说什么。就这样了。图维亚从那时起一直待在我们家。十二年后,它老死了。它再也没咬过任何人。偶尔,当有人从我们的围栏前骑车经过,或是弄出点响声,你仍可以看出它很生气,试图扑抓过去。但它总是中途就莫名其妙地泄了气。

在蒙巴萨的一个吻

有那么一刻,我心情焦躁。她让我放轻松,我没理由不这么做。她要跟我结婚了,如果我的父母想让这事显得很重要,婚礼甚至可以在会堂里举行。但这不是重点。总而言之,重点是另一个地方——三年前,她和里希退伍后去了蒙巴萨。只是她们俩去了,因为她当时的男朋友再度入伍。在蒙巴萨,她们一直住在同一个地方,那种一群大多来自欧洲的人聚在一块儿的招待所。里希听不进搬出那个地方的话,因为她和住在其中一间小屋的一个德国小伙坠入爱河。她不介意待在那儿,她很享受宁静。招待所里弥漫着毒品的烟雾与荷尔蒙的气息,但没人去烦过她。他们可能看出来她想独自待着。没有人烦她——除了那个大概比她们晚一天到、在她回程前还没离开的荷兰小伙。实际上他也没真的去烦她,只是久久地望着她。这没给她造成什么困扰。他看上去是个还不错的人,有点忧伤,但不是会招人抱怨的那种忧伤。她们在蒙巴萨待了三个月，她从没听他说过一个字。她们离开前一周，她才第一次和荷兰小伙说话，那次他对她说话很绅士，谈了些无关紧要的内容，好像什么都没说过。她跟他解释说时机不太好，跟他谈起她在空军服役、从事某种技术工作的男朋友，他们俩高中时就认识了。他只是笑笑，点点头，坐回他在小屋台阶上的固定位置。他没再跟她说话，只是继续望着她。但事实上，她如今回想起来，除了那次，他们还说过一次话。在她乘飞机回国那天，他说了她听到过的最滑稽的话。他试图确切向她传达的意思是他已经望她三个月了，想着他们俩的吻会是什么味道，会持续多久，会感觉如何。现在她要离开了，她拥有一个男朋友，拥有一切，他理解这状况，但他想知道，她是否同意他实现那个吻。这实在太滑稽了，他说话的方式，话中令人困惑的意思，可能是因为他英语不好，或者他只是不太善于聊天。但她说好的。他们接吻了。他真的再没尝试更进一步，而她跟里希回了以色列。她男朋友开着军车，穿着制服，在机场接她。他们搬到一起，为了给性生活增加新鲜感，他们加了点新项目。他们在床上变换体位，抹点儿润滑油，有一次还尝试肛交，痛得要命。最终，他们分手了，她读书时遇见了我。如今，我们准备结婚。她对此并未迟疑。

她说由我来决定会堂地点、婚期和我想要的任何东西，因为她真的无所谓。这都不是重点。那个荷兰小伙也不是重点，我没必要嫉妒他。说不定他已经嗑药过多死了，或是醉倒在阿姆斯特丹某条人行道上，或是获得了某个专业的硕士学位——这样似乎更糟。无论如何，不是因为他，而是因为在蒙巴萨的那段时光。有三个月的时间，一个人坐着看你，想象一个吻。

你的人

　　艾比盖尔跟我说她想分手时，我震惊了。出租车刚在她家门口停下，她就走出来，到了人行道边，说她不想再看到我出现，也真的不想跟我谈论这事，最重要的是，她再也不想听到我的消息，连一声"新年快乐"或一张生日卡都不想收到。她说完这些就重重地关上出租车门，司机都将脑袋探出窗，咒骂她。我坐在后座上，呆若木鸡。我们之前如果有过争吵什么的，我或许还能有点心理准备。但我们上一次见面是在一个美好的夜晚。电影不算很好看，但除此之外，一切都棒极了。然后就是这场不知打哪儿冒出来的独白，接着车门猛地关上，砰！我们共处的六个月就此逝去！"那现在怎么办？"司机问，从后视镜里看着我，"想让我载你回家吗？你如果有个家，你应该回家。还是去你父母那儿？你朋友那儿？城里的按摩院？你是老大，你是国王。"我不知道自己要干什么。我只有一个感觉，这太不公平。我和洛尼特分手后,发誓不再让任何人靠得太近,然后再像那样伤害我。但随后艾比盖尔出现了,所有事情都进展得很好,我不该受此对待。"你是对的。"司机咕哝道。他熄了火,把驾驶座向后调。"坐在这儿蛮舒服的,干吗非要开车呢?反正我无所谓。计价器还在走。"就在那一刻,他们又在广播里说了那个地址。"马萨达街九号。请问您哪位?"我之前听到过这个地址,它一直在我的记忆中,就像被某个人用大头针钉在了那儿。

洛尼特提分手时也是这样,在出租车里,确切说,在载她去机场的出租车里。她说我们之间结束了,果然,我再也没听到过她的消息。那时我也这样被抛下了,独自一人,被困在出租车后座上。那次,那个出租车司机喋喋不休,我一个字都没听进去,但清楚地记住了恼人的广播讲到的地址。"马萨达街九号。请问您哪位?"这可能是个巧合,但我叫出租车司机开去那儿,我必须去看看那究竟是个什么地方。我们停下,我看到另一辆出租车刚开走,还看到后座上一个小脑袋的侧影。那是个孩子或婴儿。我付了车费,下了车。

那是私人住宅。我打开院门,走上通往房屋大门的小径。我按了门铃。这事做得很孟浪,我不知道如果有人来开门该怎么办,该说点什么。在那一时刻,我没理由出现在那儿。但我快疯了，所以毫不在意。我又按了门铃，按了很久，然后我砰砰打门，就像在军队里执行挨家挨户搜查任务时那样，但没人来开门。在我的脑海中，和艾比盖尔及洛尼特分手的情形，开始和其他次分手的情形搅和到一起，所有分手的情形混到一起。这幢没人应门的房子，让我紧张起来。我绕着屋子打转，寻找可以往里窥视的窗户。这地方一扇窗都没有，只有一扇基本是玻璃的后门。我往里看——黑漆漆的。我继续看，但眼睛没法适应那片黑漆漆。我越是努力看，里面好像就越暗。我控制不住思想了，真的控制不住了。我突然看到自己好像灵魂出窍，弯下腰，举起一块石头，用 T 恤包住，砸碎了玻璃。

我把手探进去，小心翼翼，不让自己被玻璃割到。我打开门。我摸索着电灯开关，摸到之后打开灯，灯光是微弱的黄色。偌大一间房就用一个灯泡来照明。那个地方就是这样——一个宽敞的房间，没有家具，空空荡荡，但一面墙上有许多女人照片。有些照片放在相框里，有些用胶带粘在墙上，那些女人我都认识：达利拉，我服役时的女朋友；达妮埃尔，我们在高中时是情侣；斯坦芬妮，曾在我身边停留过的一个旅行者；然后是洛尼特。她们都在那儿，墙面左边的角落里有一个精致的金色相框，相框里是艾比盖尔的照片，她正微笑着。我关了灯，颓然倒在角落里,浑身颤抖。我不认识住在这里的家伙,他为什么要如此对我?他为什么总能成功拆散我们?突然之间,一切明朗。那些次分手,那些次突然的离弃——达妮埃尔,艾比盖尔,洛尼特。问题都不总在于我们,而在于他。

我不知道他回来之前时间过了多久。我听到出租车离开,随后听到钥匙开前门的声音。接着灯亮了,他就站在那儿,站在我面前,微笑着。这狗崽子,还看着我笑。他很矮,像个孩子,大眼睛,没睫毛,手里拿着个五颜六色的塑料书包。我从角落里站起来时,他只也是怪异地微微笑了一下,像被抓个正着,用表情问我怎么在这儿。"那么说,她也走了,嗯?"我朝他走近时他说道,"别在意,还会有另一个的。"我用石头猛击他的脑袋作为回应。他倒下去时我也没停手。我不想要另外一个,我想要艾比盖尔,我想让他别再笑了。我用石头怒砸他的整个过程中,他只是不停地呜咽着。"你在干吗,你在干吗,你在干吗,我是你的人,我是你的人啊。"然后他住了嘴。这事儿完了之后,我狂吐不止。我吐完后觉得轻松了,那种感觉就像行军时有人从你手里接过担架——比你想得还要轻松。轻松得像个孩子。占据我的所有仇恨、负罪感和恐惧统统消失了。

房子后面不远处有片树林,我把他弃置在那儿。满是鲜血的石头和T恤，被我埋在了院子里。在那之后一周，我一直在报纸上寻找关于他的报道，同时关注新闻和寻找失踪人口的启事，但什么也没有。艾比盖尔没回我短信，她的某个同事告诉我，他们在城里看到她跟一个梳马尾辫的高个子在一块儿。我听到这个消息伤心欲绝，但我知道自己无能为力，我们的关系彻底结束了。过了一阵之后，我开始跟米亚出去。一开始，每件事都很正常，很不错。我跟她相处时与跟其他姑娘相处的方式不同，我跟她在一起时，从一开始就很放得开，没有戒备之心。有时我会在夜里梦见那个矮子，梦见我怎样把他弃尸树林，然后我在惊恐中醒来，接着我提醒自己这没道理，他已经不再在我附近了，于是我搂着米亚又睡着了。

　　米亚和我也是在出租车里分手的。她说我不解风情，没头没脑，有时候她感觉像在遭罪，快要疯了，但我觉得她很开心，仅仅因为我自己觉得很开心。她说我们之间产生问题已经挺长一段时间了，但我根本没注意到。然后她哭了。我试图把她搂到怀里，但她推开我，说我如果真的在意她，就该让她走。我不知道是不是该去追她，努力挽回。他们在出租车的广播里报了个地址："阿德勒街四号。"我让司机载我去那儿。我们到达时，还有一辆出租车停在那儿。一对夫妇进了出租车，年龄跟我差不多，也许比我年轻一点儿。他们的司机说了句什么，他们俩都笑了。然后我去马萨达街九号。我去找那人的尸体，但尸体不在原来的地方。我找到的唯一的东西是根生锈的铁棒。我捡起它，走向房子。

房子看上去还是老样子，黑黢黢的，后门的玻璃碎了。我探身进去，摸到门把手，注意不被割到。我立刻找到电灯开关。房间还是空空如也，除了墙上的照片，矮子丑陋的书包以及地板上一个暗沉黏腻的污点。我研究着那些照片。它们都在那儿，连顺序都没变。我看完照片，打开那个书包往里面看。里面有些现金，一张用过的公车票，一个眼镜盒，以及米亚的一张照片。照片上，她头发是扎起来的，看上去有点落寞。突然，我明白他那时说的话是什么意思，他死前说过"总有另一个"。我想艾比盖尔跟我分手的那天晚上，他去所有他会去的地方，拍了米亚的照片，以确保——我不知道他是怎样做到的——我会遇见米亚。只是然后我把事情搞砸了。而我现在不太确定自己还会不会遇见另一个。因为我的人死了。是我自己杀了他。

日行一善

致乌兹和奥马尔

我们送那个圣地亚哥老黑人去医院时,他的血流得汽车坐垫上到处都是;结束了无线电话报务课程、正戴着美国陆军通讯兵徽章的阿维亥,把他一件难看得要命的运动衫留给了俄勒冈州一个无家可归的胖老太太。在拉斯维加斯,一个小孩哭得厉害,眼珠子都快掉出来了,他说他所有的财物都丢了,正需要一张汽车票。一开始,阿维亥什么都不想给他,因为觉得他是个骗子,而在亚特兰大,还有只患传染性眼病的猫等着我们停下来买牛奶喂它。这类事多了去,我记不全了,大多数时候也没什么大事,都是像停下来让人搭个便车或给一个年老的女招待一笔不菲的小费之类的。日行一善。阿维亥说我们会有好报的,我们这样将好事从美国的一头做到另一头的人会有好报的。这并不是说美国像南美洲危险的热带丛林,或印度中部的麻风病人隔离区,但道理是一样的。

我们然后去了宾夕法尼亚。我们计划从宾夕法尼亚去新泽西。阿维亥在那儿有个朋友,那个朋友承诺帮我们把车卖了。我计划从新泽西去纽约,随后回家。阿维亥计划在纽约再多待几个月,找份工作。整个旅行棒极了,比我们设想的还要好。在雷诺市滑雪,在佛罗里达看鳄鱼,把想体验的都体验了一把,总计人均才花了四千美元。老实讲,我们有时缩减行程,全力以赴挑最重要的事情去做。在宾夕法尼亚,阿维亥拉着我去了他那个新泽西的朋友说很酷但实际很无聊的自然历史博物馆。然后我们去了一家中餐馆吃午饭,一顿闻着极其诱人的自助餐,你只要花六块九毛九就什么都能吃到。

"嗨,别把你们的车停这儿。"一个瘦骨伶仃、看着肯定吸过毒的黑人朝我们喊道。他从人行道上爬起来,走向我们。"停在马路那边,否则他们会立刻把车拖走的。你们很幸运,我及时看到了你们。"我说了谢谢,并向车走去,但阿维亥叫我等一下,觉得那黑人在哄我们。我停下脚步时,那个黑人的确变得很紧张,也许是因为我们使用的奇怪语言。他又叫我们挪一下车,否则他们会把车拖走的。他给我们的是忠告,是极好的建议,是帮我们保住这整辆车的建议,这类建议起码值个五美元。这是能让我们的车子完好无损的五美元。是给一个饥饿的战争老兵,并让上帝保佑我们的五美元。我想离开那儿,因为他编的关于车子的故事搞得我精疲力竭,我也不知道要对这个故事说什么,但阿维亥继续跟他交谈。"你很饿?"阿维亥问他,"那来和我们一起吃吧。"我们有条原则,不给瘾君子钱,避免他们复吸。阿维亥一手搭在他的肩上,试图带他去餐馆。"我不喜欢中餐,"黑人撤开身子,"行了,伙计们,就给我五块钱吧。别那么小气,今天是我的生日。我帮你们保下了车。我非常想在生日这天吃顿好的。""祝你生日快乐,"阿维亥笑着,像往常一样耐心,"生日应该庆祝一下。来吧,告诉我们你喜欢吃什么,我们跟你一起吃。""我喜欢吃,"黑人摇头晃脑,"但行啦,给我五块钱吧。求你们了,别这样好吗,跑题也跑得太远了。""没关系的,"我告诉他,"我们有车,我们可以一起开去那儿。""你们不相信我,嗯?"黑人继续说,"你们认为我是个骗子。而且还是在我帮你们保下了车之后。这样对待一个过生日的人可不好。你们真小气。你们冷酷无情。"随后他突然之间很意外地哭了。我们俩站在那儿,站在那个正在哭泣的瘦骨伶仃的黑人左右。阿维亥朝我摇摇头,但即便如此,我还是从手袋里拿出一张十美元的钞票。"这儿,拿着,"我跟他说,随后又补充道,"我们很抱歉。"不过我并不知道为什么抱歉。不过那个黑人没有接钱,而是哭啊哭啊,说我们叫他骗子,我们铁石心肠,我们不能这么对待战争老兵。我试图把钱塞进他的一个口袋,但他不让我靠近,不断向后倒退。然后他慢慢地打着趔趄跑开了,每跑一步都使劲地咒骂着,哭着。

我们吃完中式自助餐后,去看了独立钟,据说这是最重要的美国历史景点之一。我们排了三小时的队,最终进去,他们向我们展示了这座美国人民宣布独立时,某个著名人物敲过什么的丑陋无比的钟。晚上,在汽车旅馆里,阿维亥和我算了算我们剩下的钱。有三千美元,我们卖了车子之后,差不多就有五千美元。我告诉他,我不介意他拿着全部的钱,我们回家时,他再把我的那份给我。阿维亥说我们应该先把车卖了,然后再看。他待在房间里看一部科幻电视剧,我走去汽车旅馆对面的日夜商店买咖啡。我走出店门,看到当空一轮巨大的满月。它真是大啊,我以前从没见过这样的月亮。"很大,是吧?"一个眼睛血红、满脸粉刺的瘦家伙坐在店门前台阶上说。他穿着件印着麦当娜的短T恤,手臂上有一排排针孔留下的瘢痕。"好大,"我说,"我从没见过这样的月亮。""世上最大的月亮,"瘦家伙说,费了点力气站起来,"你想买吗?卖给你吧,二十块。""十块,"我说,把钞票给了他。"你知道吗?"瘦家伙笑着,露出一嘴烂牙,"成交。你看上去是个好人。"

史瑞奇

来见见鲁文·史瑞奇。一个毫无存在感的家伙。一个敢于生活在梦里的人,他有很多我们不敢做的梦。史瑞奇非常富有,但这不是重点。他有个女朋友,一个全裸登上世界最受欢迎的潮流杂志的法国模特——你如果没对着杂志打飞机,那只是因为你舍不得放下杂志——不过这也不是让他特别有男人味的原因。史瑞奇的特别之处在于,他不像其他人显赫超凡,他不比你聪明,不比你好看,不比你精明、人脉广,也不比你运气好。史瑞奇就是,我的意思是,就是跟你我一样的人——任何方面,千真万确。所以你会嫉妒万分——跟我们脚碰脚的人里怎么有人能混那么好?任何称之为时机或际遇的说法都属一派胡言。史瑞奇的秘密简单多了:他获得成功,是因为他将平凡的品质发挥到极致。不是逃避、否认或羞于面对,史瑞奇对自己说,这就是我,这就是一切。他不试图提升或压抑本质,而是让本质充盈于自我,自然而然①。他发明的都是些平凡的东西,我要强调,那些平常而非杰出的东西,才是人类真正想要的东西。杰出的发明也许适合杰出的人,但世上有多少杰出人物呢?但平常的发明适合所有人。

一天,史瑞奇正坐在客厅里吃塞着多香果的橄榄。他没觉得塞了馅的橄榄有多好吃。他更喜欢原味的不塞多香果的橄榄,但是,从另一方面说,相比橄榄坚硬苦涩的核,他还是爱多香果一点。他就是这么会想出那点子的,这是将改变他的以及我们的生活的一系列点子中的第一个——橄榄塞橄榄,就么简单,一枚没有核的橄榄,塞在另一枚橄榄里。这点子过了点时间才被接受,但流行起来之后便一发不可收拾,就像斗牛犬紧紧咬住受害人的脚踝。在橄榄塞橄榄之后,立刻出现了牛油果塞牛油果,最终,香甜到登峰造极的是杏子塞杏子。不到六年,"pit"这个单词少了一个义项②。而史瑞奇,当然啦,成了百万富翁。他横扫食品产业后,又进军房地产业,但也没表现出什么特别的眼光。他只是买贵的,你猜怎么着,一两年之后,他买的房子更贵了。史瑞奇就是这样积累起资产的。时间慢慢过去,他发觉自己几乎投资了所有领域,除了高科技行业。他没进入这个行业的最基本原

---

① 原文为法语。
② pit 这个单词有"去除果核"这一义项。

因是,关于这个行业,他一句话也说不上来。

金钱会改变任何普通人,当然也改变了史瑞奇。他变得更无耻,更快活,更感情外露,更健壮。简单说来,各种特质都更显著了。人们都不喜欢他,但也不憎恶他,又不得不重视他。一次,在有点私人性的电视采访中,采访人问史瑞奇是否觉得有很多人都渴望和他一样。"他们不用渴望,"史瑞奇笑了,一半是对采访人,一半是对自己,"他们已经和我一样了。"演播室里充斥着由一台制片人买来、特意为这类坦率回答而准备的特殊电子设备嗡嗡发出的热烈掌声。

设想史瑞奇坐在私人泳池旁边的扶手椅上,在一盘鹰嘴豆泥中翻找一片皮塔饼,喝着鲜榨果汁,此时,他曲线窈窕的女朋友正在一张气垫上裸晒日光浴。现在,再设想你处在他的位置,啜饮着鲜榨果汁,向那个光屁股法国妞儿甩去一堆甜言蜜语。小菜一碟,是吧?而现在,再设想史瑞奇处在你的位置,就在你所在之处,读着这则故事。想象你在他的宅邸中,想象他坐在泳池边你的位置上。妈的,糟了!又是你在这儿读着一则故事,而他回到故事的场景中。实在是普通到死,或像他的法国女友喜欢说的,自然而然①。自然而然,又吃了另一枚橄榄,没吐核,因为本来就没核啊。

---

① 原文为法语。

泡了汤的百分之八

本尼·布鲁克瑞奇几乎已经在门口等了他们半小时。他们到达时,他试着假装还没疯掉。"都是她的错。"年长一点的那个男人窃笑着,坚定、严肃地和他握手。"别信布特奇的。"脸蛋搽得雪白的姑娘怂恿他。她看上去比她男人至少小十五岁。"我们早些时候就到了,只是没能找到停车的地方。"本尼·布鲁克瑞奇朝她狡猾地笑了笑,好像真的在乎她和布特奇为什么迟到了。他向他们展示基本全装修、带家具的公寓,层高很高,厨房的窗户几乎向你提供海景视野。布特奇掏出支票本说他租这房子时,他才边走边介绍了平常介绍的一半。布特奇还说预付一年的房租也没问题,就是想再还点价,但这仅仅是为了不产生受骗上当的感觉。本尼·布鲁克瑞奇解释说,房东住在国外,所以他不能随意降价。布特奇坚持说,不过是稍微降一点点而已。"据我所知,"他说,"你可以从佣金中让掉点。你能让多少?""百分之八。"本尼·布鲁克瑞奇停顿了一下才说,没冒说谎的风险。"那就留百分之五给你吧。"布特奇一边宣布,一边签下支票。他看到房产经纪人没伸手接支票,又补充道:"你要这样想,从抄底的角度看,拿到百分之五,比拿不到的百分之八强太多啦。"

布特奇,或者支票上显示名字为图维亚·明斯特的人,说那脸蛋搽得雪白的女人明天上午会来拜访,再要把钥匙。本尼·布鲁克瑞奇说没问题,但必须是上午十一点前,因为他在那之后还有其他约见。第二天,她没出现。十一点二十时,本尼·布鲁克瑞奇决定要走,但又不想让她空等,就从抽屉里拿出支票。支票上有公司电话,但他不想跟布特奇再来场冗长而令他郁闷的对话,就拨了宅电。她接了电话,他才想起自己不知道她叫什么名字,所以他选择了"明斯特夫人"这称呼。不知怎的,她的声音在电话里听上去有点沙哑,而她怎么都想不起来他是谁,也不知道他们约了那天上午见面。本尼·布鲁克瑞奇保持冷静,像对小孩子说话般,慢慢地提醒她,以及他们怎样签下了公寓的租约。电话那端没有回答,她要他描述那女的长什么样时,他发觉自己把事情搞砸了。"事实上,"他嗫嚅道,"我一定拨错号码了。你说你丈夫叫什么名字?就是嘛。我是在找尼西姆和戴利亚。那些四一一打头的电话把我搞混了。我真的很抱歉。再见。"他在她有机会回答之前猛地挂了电话。脸蛋搽得雪白的女人十五分钟后到了，睡眼惺忪，脸也还没洗。"抱歉啊，"她打着呵欠，"我花了半小时才打到车。"

第二天早晨，他到了办公室，看到有个女人在外面走廊上等着。她看上去大约四十岁，从她的着装打扮和喷的香水等方面看起来，她与周遭的环境格格不入。因而房产经纪人开口时，本能地用上最地道文雅的发音。这个女人在找一套两居室或三居室的房子。她打算买房，但也可能租房，只要经纪人可以立刻提供房源。本尼·布鲁克瑞奇说他恰巧有几套不错的公寓要出售，而由于房市低迷，价格也非常合理。他问她是怎么找到他的，她说她是在黄页上查的。"你是本尼吗？"她问。他说不是——他不叫本尼已经很久了，他保留这个名字，只是为了不失去商机。"我叫米歇尔，"他笑道，"我在工作时叫这个名字，但有时候我自己都会忘了。""我是利亚，"那女人笑着回敬，"利亚·明斯特。我们昨天通过电话。"

"这样让人有点不舒服。"利亚·明斯特忽然冒出这么一句。第一套公寓太暗了，他们正在第二套里四处兜转。本尼·布鲁克瑞奇试图装聋作哑，谈论重新装修这套公寓花不了多少工夫什么的，好像她说的是跟公寓有关的事情。"你给我打了电话之后，"

利亚·明斯特无视他的回答,"我跟他谈了这件事。他一开始撒谎,但后来厌烦了,就供认不讳。这就是我要套公寓的目的。我要离开他。"本尼·布鲁克瑞奇继续带着她四处转,心想这不关他的事,他没必要为此烦躁。"她年轻吗?"利亚·明斯特坚持不懈。他点点头:"你比她漂亮多了。我不喜欢这么说客户,但那位先生真是个白痴。"

第三套公寓采光更好些,他向她展示从卧室窗户看出去的公园园景时,感觉到女人慢慢靠过来,确切说来并没有触碰到他,但挨得够近的。在车里,她继续问那个脸蛋被搽得雪白的女人,本尼·布鲁克瑞奇试图让她镇静下来,但同时也含糊地做些回答。他对此并不舒服,但继续回答着,因为他看出这让她很高兴。他们不说话时,他就有种不安,尤其是等红绿灯时。但不知怎的,他就是想不出任何话说,他通常会讲点故事,不让思路僵住。但他现在只是盯着红绿灯,等着它变颜色。在一个路口,信号灯变了,前面的奔驰没动。本尼·布鲁克瑞奇猛按两次喇叭,身子探到车窗外,咒骂那个司机。坐在奔驰里的家伙对此似乎毫不介意,于是他霍地下了车。然而,他没打成架,因为那司机看上去是在打瞌睡,本尼·布鲁克瑞奇对他连推带搡,他也没醒过来。救护车到达后说他是中风了。他们搜索司机的口袋和汽车,没找到一点身份信息。本尼·布鲁克瑞奇感觉诅咒一个自己不知道其姓名的家伙实在糟透了。他也很内疚说了那脸蛋雪白的姑娘那么多刻薄话，不过两件事之间毫无关系。

利亚·明斯特坐在汽车后座上，脸色苍白。他把她载回办公室，给两人倒了点咖啡。"我什么都没告诉他，"她刚啜饮了一小口咖啡，就这么说道，"我其实是在说谎，就是想让你跟我说说她。我很抱歉，但我就是想知道。"本尼·布鲁克瑞奇笑了，对她和自己说，他们的行为没什么害处，他们只不过是看了几套公寓，知道某个可怜的家伙即将死去。如果说他在整件事中学到了什么道理，那就是，谢天谢地，他们都活着什么的。她喝完咖啡，再次说抱歉，离开了。米歇尔还有几口咖啡没喝完，环顾办公室，一个在二楼和三楼之间的可以俯瞰主街的带窗户斗室。这地方看上去突然如此小而通透，像是一百万年前他在成人礼上获得的蚁巢。而仅仅两小时前，他庄严吹嘘过的商业信誉就像是连篇废话。以后，人们叫他本尼，他会觉得心烦。

骄傲与欢乐

一直到第一个学期结束，埃胡德·古兹尼克都是班上最高的男孩，也许是全年级最高的。除了这一点，他还有辆崭新的运动自行车，一条蜷伏的毛茸茸的狗，它有双整个早上待在公共卫生中心的某个老年人的眼睛，还有个跟他一个班的女朋友，她从不跟他亲嘴，但让他摸平到几乎什么都没有的胸，他成绩全A，地理例外，那是由于地理老师是个贱货。总之，埃胡德没什么好抱怨的，他的父母也很为他骄傲。你偶尔遇到他们时，总能听到些关于他们神奇孩子的趣闻。大多数人也会带着无聊和真心敬佩的心情，向他们点头，说："太棒了，古兹尼克先生/夫人，真是太棒了。"但人们当着你的面说的话没什么。人们在你背后说的那些话才是重要的。人们在这对父母背后首先说的事情是：他们正在缩小。只过了一个冬天，他们看上去比以前至少矮了十五厘米。古兹尼克夫人，一度被认为仪态万千，现在几乎够不到杂货店里的麦片架了。马克斯以前身高接近一米八,如今总是把驾驶室的座位往前移,以便踩到油门。这件事很令人不快,他们站在巨人般的儿子身边时,身高差距更明显。儿子才读到四年级,却已经比妈妈高出一头了。

每周二下午,埃胡德跟着爸爸去操场打篮球。埃胡德的爸爸觉得埃胡德很有潜力,因为他又高又聪明。"纵观历史,人们认为大多数犹太人都很聪明,但很矮,"他们练习投篮时,他喜欢这么跟埃胡德解释,"好不容易出现个大块头,但由于某种原因,又很蠢,你都教不会他勾手投篮。"但你教得会埃胡德,而且他一周比一周打得更好。最近,从他父亲变矮起,他们就势均力敌了。"你,"他父亲在从操场回家的路上会跟他说,"有一天会成为一个伟大的球员,篮球界的摩西·达扬①,只是不戴眼罩罢了。"这些赞扬让埃胡德非常高兴,虽然他从没见过摩西·达扬是怎么打篮球的。但他更感到焦虑,焦虑父母正以可怕的速度越变越小。"也许所有家长都是这样的,"有时他试图这样大声说服自己,"到了明年,老师可能就会在理科课程上讲这件事。"但他在内心深处知道有哪儿不对。五个月前,答应了他交往要求的内特把手

---

① 摩西·达扬(1915—1981),以色列军事领导人、军事学家。达扬在第二次世界大战期间参加英军并失去左眼,人称独眼将军。

放在圣经上对他发誓说,从她很小的时候起,她的父母就差不多一直是那身高。他想跟别人谈谈这件事,但又觉得有些事还是不谈为妙。比如内特的脸颊上有点淡淡的茸毛,像胡子,埃胡德总是假装没注意到,因为他想内特自己可能并没注意到,而他如果告诉内特,内特会很沮丧的。也许他的父母也是这样。他们纵然真的知道,也许还在庆幸他没发觉。就这样,逾越节过去了。埃胡德的父母仍在变小,而埃胡德继续假装什么事都没发生。然后扎伊德点破了这件事。

埃胡德的狗还是只小狗崽时,就很受老年人喜欢。所以它也最喜欢去大卫王公园散步,公园里都是从养老院里出来透气的老人。扎伊德可以坐在他们身边,一连几个小时听他们讲述悠长的故事。也是他们给它取了"扎伊德"这个名字。它更喜欢扎伊德,而不是宠物取的"杰米"这个名字。在所有这些老人里,扎伊德最喜欢一位戴着鸭舌帽,跟它讲意第绪语,喂它血肠的老人。埃胡德也喜欢那个老人,他们第一次相遇时,他就让埃胡德发誓绝不带扎伊德乘电梯,因为,根据他的说法,狗狗们不懂电梯是什么,它们进了一个小房间,随后看到门开了,完全是另一个地方,它们对空间知觉的信任就会动摇。通常来说,然后他们就会感觉很糟。他从不给埃胡德吃血肠,但会请他吃软心糖豆和金币巧克力。那位老人肯定已经死了，或者搬去了别的地方，因为他们再也没在公园里看到过他。有时候，扎伊德仍会吠叫着去追一个长得跟他很像的老人，然后发现认错了，低低地呜咽一会儿。但也仅此而已。

逾越节后的一天，埃胡德心情糟透了，从学校回家。他遛完扎伊德后，不想走楼梯，所以就上了电梯。他按下四楼的按钮时有点内疚，但他对自己说，反正那位老人可能已经死了，这意味着他不用再坚守承诺。电梯门开了，扎伊德凝视了一会儿，走回电梯里，深思了一会儿，晕死过去。

埃胡德和他吓坏了的父母直奔兽医那儿，兽医立刻安慰他们，狗狗没事。不过那个兽医可比普通兽医技术全面多了。他是位从南美来的家庭医生和妇科医生，他在生命中的某一时刻，出于一些个人原因，决定给动物看病。这个医生一眼就看出古兹尼克一家患了一种罕见的家庭疾病，一种导致埃胡德越长越高，但要以他的父母损失身高为代价的疾病。"这是很简单的数字运算，"兽医解释道，"孩子每长高一厘米，父母就要变矮一厘米。""这种病，"埃胡德试探地问，"什么时候会结束？""结束？"兽医试图用浓重的阿根廷口音掩饰伤感，"在你的父母消失时。"

在回家的路上，埃胡德一直哭，父母试图安慰他。很奇怪，可怕的宿命完全没有困扰他们。他们看上去甚至有点乐在其中。"很多父母巴不得为孩子牺牲一切,"他上床后,母亲跟他解释,"但不是所有父母都得到了机会。贝拉姑姑看着她儿子长得又矮又蠢又没才干,就跟他爸爸一样,而她什么都不能为儿子做。你知道她心里有多难受吗?好了,我们最后会消失,但那又怎么样?每个人都会死,但你爸爸和我,我们不会死,只是消失了。"

第二天,埃胡德不情不愿地去上了学,又一次从读经班逃课了。他坐在体育馆前的台阶上自怨自艾时,忽然想到一些事情:如果说他每长高一厘米,都以父母变矮为代价,他只需要停止长,就能拯救父母!埃胡德匆忙去了卫生室,就这一问题狡黠地问了医生各种问题。埃胡德从医生推给他的那些小册子获悉,他如果真的想与长高展开斗争,必须多抽烟,不规律地进食,还要吃得少,睡眠也要少,睡眠如果被多次打断就更好了。

他把十点茶歇的三明治给了希里,四年级其他班的一个和气的胖姑娘。他进餐时尽可能吃得少,为了不引起别人的怀疑,他总是把肉和甜食给了他忠心耿耿等在桌子下、双眼悲伤的狗。自动就有了少睡的办法,因为他见过兽医之后,无论如何都不能睡着超过十分钟而不被可怕的、充满内疚的梦惊醒。剩下的事就是香烟了。他一天抽两包便宜的不带过滤嘴的香烟。两整包,一根不落。他双眼通红，满嘴苦味，开始咳嗽，老年人会发出的那种咳嗽。但他一分钟都没想过停下来。

一年多以后，体检报告表明，马特·兹罗特尼斯基和拉兹·萨马拉已经长得比他高了。拉兹也在内特因为埃胡德越来越重的口气而甩了他之后，成了内特的新男友。那年，埃胡德慢慢不受欢迎。接着，孩子们完全不跟他说话了，因为他们说他的慢性咳嗽折磨着他们的神经。除此之外，他的学习成绩也下降了，体育也没以前好。唯一还跟他说话的人是希里。她开始时是因为三明治喜欢他，之后是因为他的性格和其他东西喜欢他。他们在一起一待就是几小时，谈论各种他以前没跟内特谈过的事情。埃胡德的父母在十五厘米上停止萎缩，但医生确认这点之后，埃胡德即使想戒烟也不能了。他看过针灸师和催眠师，他们都说他戒不了烟是自我放纵和性格原因，但希里恰巧喜欢香烟的气味，安慰他说抽烟真的一点儿关系没有。

每周六，埃胡德会把父母放在衬衫口袋里，骑车带着他们兜风。他骑得很慢，好让圆滚滚的扎伊德跟上他们。他的父母在他的口袋中吵架，或只是对彼此感到厌烦时，他会把他们中的一个放到另一边的口袋里。有一次，希里跟他们一起出行。他们骑车到了公园，吃了一顿真正的野餐。在回去的路上，他们停下来看夕阳，爸爸在埃胡德的口袋里大声对他耳语："吻她，吻她。"这让埃胡德有点尴尬。埃胡德快速转换话题，跟希里谈起太阳有多热多大，以及其他诸如此类的话题，直到天黑下来。父母在他的口袋深处睡着了。他搜肠索肚，讲完所有关于太阳的故事时，他们也要到希里家了。他又对跟希里讲起月亮和星星，以及它们对彼此的影响。他把这些故事也讲完了，咳嗽起来，闭了嘴。然后希里对他说："吻我。"他吻了希里。"就该这么干，儿子！"他听到爸爸从口袋深处对他私语，感到多愁善感的妈妈用胳膊肘戳戳他，开心得轻声哭了。

尘　埃

现在，让我们说我已经死了，或者说我开了以色列第一家自助洗衣店。我租了个小地方，在南部，有点破败，我把每样东西都漆成蓝色。一开始，只有四台机器和代币自动贩售机。随后我添置了一台电视，还有一台弹珠机。要不然我就是躺在浴室的地板上，脑袋被崩了一枪。父亲发现了我。起先，他并没有注意到血。他以为我在打盹或跟他玩弱智的游戏。他摸到我的后颈时才发觉有些不对劲。来自助洗衣房洗衣服的都是孤单的人。你不用天资聪慧就能发现这点。我压根儿不是天才，所以也发觉了这点。所以我喜欢在洗衣房里营造点气氛，希望他们不觉得那么孤单。许多台电视机。自动贩售机在你买代币时会用人声说谢谢，墙上挂着好些民众集会的图片。用来叠洗好衣物的台子被摆放得必须要有很多人同时使用。我并不小气，我是故意的。许多在叠衣台旁认识的人成了夫妇。过去孤单的人们，现在有了伴儿（也许还不止一个）夜晚躺在他们身边,在睡梦中推搡他们。爸爸做的第一件事是洗手。之后他才叫救护车。他花了很长时间洗手。他到死那天都不会原谅自己做的这件事。他还会羞于告诉他人:他的儿子躺在他身边,濒临死亡,而他,不是感到悲伤或怜悯或恐惧什么的,只感觉到厌恶。洗衣房将会形成连锁经营。规模会很大,特别是在特拉维夫,不过它在郊区也会运营得很好。它成功背后的逻辑很简单——它在任何有孤单的人和脏衣服的地方都能存在下去。母亲死后,父亲也会去一家分店洗衣服。他在那儿不会再交到女朋友或朋友,但也许会遇到的可能性将会给他一星微茫的希望,驱使他一次又一次地去洗衣房。

蛮可爱的

　　第一件让他觉得可疑的事就是气味。不是说她突然染上了其他男人的气味，像是浓重的须后水味或厚密毛发的汗味。只是她总有一种非常微妙的体味，那种你几乎注意不到，但突然变得很刺鼻，弄得你天晕地转的气味。除此之外，她经常玩失踪——时间不会太久。也许是十五分钟，或长一点，然后她就回来了，像什么事都没发生过。他明确注意到这个时，是有一次，晚间新闻放到中间时，她问他是否能换开一张百元钞票。他拿出钱包，慢腾腾、疑窦丛生地掏出两张五十块来。"谢啦。"她说，在他的脸颊上啄了一下。"不客气，"他说，"不过，嗨，你为什么突然要换钞票，这大晚上的?""没有什么原因啦，"她笑道，"就是想换呗。"然后她消失在通往厨房的走道里。

　　人们说通过做爱最能看出问题。但他们做爱的次数并没有变少。他们做的时候，还是和往常一样激情四射。但她没向他要过更多钱,这是说明有情况发生的另一个迹象。她变得节省了。而他们的谈话——呃,他们现在说话比以前多——所以他不能从这一点上看出什么。反正他能感觉到有事情发生。一个隐藏的秘密,隐秘得就像藏在指甲下的黑色。他觉得也许像电影里演的那样,他最终会发现妻子是个妓女或摩萨德特工什么的。

他可以跟踪她,但宁愿等着看事态发展。也许他害怕会发现的答案。然后有一天,他因为偏头痛在日间就回家,把车转上私人车道时,一辆银色的贴着反堕胎保险杠贴纸的三菱汽车停下来,按起喇叭。"嗨,你,"三菱车司机咆哮,"把车从那儿移开。你没看见你挡着道了?"事实是,车在他的私人车道上,并没怎么碍着道,但他没多想,就朝边上移了一点,让三菱车过去。他下车时想到,他尽管正害偏头痛,但应该想想反堕胎人士出现在他家院子里的原因。不过,他继续往深里想之前,看见她正在他们疏于打理的后院正中央,就在那个他曾承诺会给她种棵桑树的地方。她穿着肮脏的蓝色工装裤,正俯身拿一根油管在手,接到三菱车上。他细看之后发现,油管正连着一个动力燃油泵。燃油泵边上挨着个空气泵,两个泵之间是个小摊儿,小摊旁边的招牌上用儿童字体写着:"供应燃油——低价!""灌满！灌满！"他听到司机叫道,"灌到车满足为止!"他盯着她看了大约一分钟。她没看见他,因为背对着他。燃油泵因为油箱满了而响起铃声时,他绷紧身体,就像是从一场噩梦中醒来,走进车,开回去工作,就好像什么事都没发生过。

他没跟她谈论这事,虽然他经常有这种冲动。他只是保持平静,等着她来挑明。突然,所有事情都说得通了：气味,脏污,短暂的消失。只有一件事他还没弄明白：她为什么不跟他分享这件事？他不管怎么努力跟自己解释,都能感觉到内心流露出的痛楚。你所爱的人背着你开发了一项生意。你不管如何分析她的动机,都有点受辱的感觉。你就是觉得心痛,无可避免。她下一次问他是否能破开一百块,他说他不能,即使他钱包里塞满二十和五十的纸钞。"抱歉,"他装出同情的样子,"你说你要碎钱做什么?""真的没什么,"她说,"我不知道,我就是急着要。"随后她消失在过道里。婊子。

她不是独立经营这门生意。她有个帮手,一个阿拉伯人。他知道,是因为他调查了一下。一次,她外出购物,他开车回来,像个普通顾客一样,跟萨米聊了一会儿——他希望人们这么叫他——比萨米尔简洁一点。"不错啊,你们的加油站。"他拍起萨米的马屁。"伙计，谢啦，"萨米说，"不过加油站不全是我的。她跟我各拥有一半。""你结婚了吗？"他继续问。"当然啦。"萨米点点头，展示钱包里和钥匙扣上的孩子照片。然后他意识到客人可能误会了，停下手来，解释说合伙人不是他妻子。她只是合伙人。"真糟糕，我的合伙人不在这儿，"萨米笑道，"你会爱上她的。她蛮可爱的。"

从那之后，他去过加油站好多次——总是在她出去的时候。他跟萨米有了点交情。萨米有哲学和心理学学位，不过并没有因为所学的知识更了解这个世界，但至少能命名所有自己不明白的事物。"话说，"他有一次问萨米，"你如果发现一个你亲近的人对你隐瞒了一些事情——不是有外遇，是其他一些事情——你会怎么做？""我不觉得我会做什么事。"萨米说。"伙计，"他说，"这话怎么说？""简而言之，因为我不知道有什么可做的。"萨米不假思索地回答，好像这是个很简单的问题。

好几年过去了，他们有了个孩子。应该说是两个孩子，同卵双胞胎。她临盆前，加油站的生意真的很好。他在不让她知道的情况下，常给萨米帮帮忙。双胞胎很可爱，生龙活虎。他们长大一点后常常打架，但你很容易看出来，他们真的很爱对方。他们差不多九岁那年打架时，一个打瞎了另一个的一只眼睛，他们不再那么相像了。父母由衷地为他们感到骄傲,只要有机会就会与他们一起玩。有时候,他遗憾没有兑现承诺,种下那棵桑树。毕竟,孩子们可以爬树,摘桑果。但他从没再提过桑树。他不再生她的气了,有零钱时总会帮她换,只字不问。

好人古德曼

大概六个月前,在得克萨斯州奥斯汀城外这个偏僻小镇,从特拉维夫来的米奇·古德曼杀死了一位七十岁的牧师和他的妻子。古德曼在他们处在睡梦中时将其近距离射杀。直到今天,没人知道他是怎样进了公寓,他应该有把钥匙。整起事件听上去太不可思议。我的意思是,一个没有任何犯罪记录的家伙,一个以色列伞兵,怎么会一天早上起来,脑子里突然冒出得克萨斯偏僻小镇上的两个他素不相识的人——他再也不能被叫作"好人"①了。电视里播出这条新闻那晚,我不知情,因为我和艾尔玛去看电影了。之后,在床上,我们正要进入状态时,她突然哭了起来。我立刻停下,自忖可能弄痛她了,但她叫我别停,因为她哭其实是快乐的表现。

---

① 古德曼(Goodman)这个姓氏,按照英语字面意义直译,是"好人"的意思。这里是作者的一个双关语。

公诉人说，古德曼已经为这起谋杀案支付了三万美元，整件事与当地一桩继承案件引发的纠纷有关。换做五十年前，牧师和他妻子是黑人这一点，在法官量刑时对他有利，但如今，事情大不一样了。实际上，死者之一是牧师这一点，对他很不利。古德曼的律师说，古德曼如果最终被定有罪，他会提出让其回以色列服刑，因为他和美国监狱里那么多黑人在一起，整个人生会像一个泡过的茶包那样被毁掉。而公诉人声称，古德曼反正很快就会死掉。得克萨斯是美国少数几个仍然执行死刑的州。我跟古德曼这十年来没什么联系，但在高中时期，他是我最好的朋友。初中那会儿，我总是跟他，还有他的女朋友达芙内在一起。我们入伍之后才失去联系。我不是很善于跟人保持密切联系。艾尔玛倒是擅长此道。她的好朋友都是她从幼儿园起就认识的人。在这一点上，我对她是羡慕又嫉妒。

审判持续了三个月。在这三个月的大部分时间里，每个人都确信事情是古德曼所为。我对爸爸说，整桩事情里有些地方我就是弄不明白。我是说，我们都了解米奇。他在我们家度过了许多时光。而我爸爸说："你永远不知道别人的脑子里在想什么。"我妈妈说，她早就知道米奇是个行事莽撞的主儿。他双眼中有病态的神情。她说她想到这个杀人犯吃过她做的菜,跟我们一起在桌边坐过,就毛骨悚然。我回忆起我们最后一次见面的情景。那是在达芙内的葬礼上。她生了病,死了。我们刚刚从部队退伍。我参加了葬礼,但他叫我离开。他十分简单粗暴地叫我快走,我都没来得及问他为什么。那是六年前的事了,但我仍然记得他双眼中的怨恨之情。从那时起,我们再也没说过话。

我每天下班回家后都会看看CNN对这场审判的报道。他们每隔几天就会更新一下进展。有时候,他们播放出他的照片时,我会非常想念他。他们放出的总是同一张照片,护照上的那张旧照片——他留着分头,就像阵亡将士纪念日上的一些小孩。艾尔玛对于我认识他这件事很兴奋。她总是想着这件事。几周前,她问我,我这辈子做过的最坏的事情是什么。我告诉她,萨拉·格罗斯的母亲溺亡后,米奇和我在她家的墙上涂鸦:"你的母亲沉下去了。"艾尔玛觉得这确实是件很不厚道的事,而古德曼在这个故事里的形象算不得好。艾尔玛做过的最坏的事情是她在服役期间做的。她的指挥官又胖又恶心,极想调戏她,她对他恨得紧,尤其是,这个指挥官已经结婚了,他妻子那时正怀着孕。"你明白吗?"她吸了一口香烟,"他妻子的体内正装着他的孩子,而他一心想要操其他女人。"指挥官完全被她迷住了,所以她很好地利用这一点，告诉他她同意跟他做那事儿，但前提他肯大出血，给她一千谢克尔。对当时的她来说，这是很大一笔钱。"我并不是在乎钱，"她回忆这件事时泪流满面，"我只是想羞辱他。我是想让他觉得，他除非付钱，否则没女人愿意跟他好。如果说我憎恨男人身上的哪一点，那就是欺骗。"指挥官带着装着一千谢克尔的信封来了，只是他实在太兴奋，没硬起来。但艾尔玛没把钱还给他，她认为这是对指挥官的双倍羞辱。她告诉我，指挥官的钱实在让她恶心，所以她把钱存了起来，直到今天都不想去取。

审判结果让人惊讶，至少我这么觉得，古德曼被判死刑。CNN的那个日裔主播说，犯人听到判决后安静地哭了。我妈妈说他罪有应得，而我爸爸还是那句老话："你永远不知道别人的脑子里在想什么。"我一听到这个判决，立刻想到我应该在他们杀了他之前，飞过去看看他。毕竟，我们曾经是最好的朋友。我的想法似乎有点奇怪，只有我妈妈能懂我。哥哥阿里让我回程时私带一台笔记本电脑，还说最坏的结果也不过是把电脑留在海关。

我到了得克萨斯，从机场径直去米奇待的监狱。我必须在离开之前把事情解决。他们给了我半个小时。我进去见他，他坐在一把椅子上。他的手脚被绑了起来。看守们说他们必须把他绑起来，因为他一直发狂，但我觉得他看上去挺平静的。我想他们只是随便说说，他们这样做，不过是便于自己踹他，以示惩罚。我正对着他坐下来。一切看上去很寻常。他对我说的第一句话是"对不起"。他说他对在达芙内的葬礼上发生的事情感到很抱歉。"我对你态度很恶劣，"他说，"我不该那样。"我跟他说那都是陈年旧事了。"我实在隐忍了那件事很久，突然，随着她的死，一切都结束了，情绪爆发出来。不是因为你背着我跟她睡，我发誓。只是因为你伤了她的心。"我让他别废话，但无法克制自己声音中的颤抖。"忘了这事吧，"他说，"是她告诉我的，但我很久之前就原谅你了。对于在葬礼上发生的事情——相信我，是我表现得太差劲。"我问他谋杀案的事，但他不想提，所以我们聊了些别的。二十分钟后，守卫说半个小时到了。

他们过去用电刑处决犯人，他们扳动开关后，整个区域内的电灯都会闪烁几秒钟，所有人都停下手头的事情，就好像当时正有特别新闻播报。我想着这件事，想象着我坐在旅馆房间里，灯昏暗下来。但什么都没发生。

他们如今给死刑犯注射药物，没人知道死亡是何时发生的。他们说会准时执行。我看着分针，它到达十二时，我告诉自己：

"现在他肯定死了。"真相是，是我在萨拉家的墙上画了涂鸦。米奇只是看着。我猜他也不希望我这么做。他大概已经不在人世。

在回程的飞机上，坐在我旁边的是个大胖子。他的座位有点坏了，但空乘没法给他换位子，因为飞机满员。他的名字叫佩尔莱格。他告诉我，他刚刚以中校军衔退伍，刚上完一个培训高科技领域高级主管的课程。

我看他靠着椅背，闭着双眼，在坏掉的座位上挣扎着，寻找一个舒服的姿势。我突然想到，这个家伙可能是艾尔玛服役时的指挥官。她的指挥官也很胖。我能想象出他在散发出恶臭的旅馆房间中等着艾尔玛，用汗津津的手数出一千谢克尔的画面。想想接下来会发生的事，关于他的妻子，关于他的孩子。我试着帮他寻找一些借口，做出这样的丑事没啥大不了的。

我看着他在我身边的座位上蠕动。他一直闭着眼睛，但没有睡着。然后他呻吟了一下，没有任何理由。也许他也记得此事。我不知道，但我突然为这家伙遗憾。

亮闪闪的眼睛

这是一个关于喜欢亮闪闪的东西胜过世上其他任何事物的小女孩的故事。她有亮闪闪的裙子，亮闪闪的袜子，亮闪闪的芭蕾舞鞋。还有一个以他们家女仆名字命名的、叫克里斯汀的黑色娃娃，这个娃娃也亮闪闪的。她的牙齿也亮闪闪的，不过她的爸爸坚持用"晶莹"形容它们，说"晶莹"跟亮闪闪不是一码事儿。"亮闪闪，"她自忖道，"是仙女教母的颜色，所以它是世上最好看的颜色。"在幼儿园的"梦幻日"上，她打扮成仙女教母的样子，朝靠近她的每个人撒亮片，说那是许愿粉，你如果把它与水混合，就会实现愿望。那是一套很逼真的戏装，为她赢得了装扮大赛的一等奖。他们的老师莉莉说她要不是因为以前就认识这小女孩，如果碰巧在街上遇到她，会认定这小女孩就是仙女教母。

小女孩回到家，脱下戏装，除了小内衣什么都没穿。她把所有的亮片扔到空中,叫道:"我想要闪光的眼睛。"她叫得太响了,她妈妈跑进来看看出了什么事。"我想要闪光的眼睛。"小女孩这次安静地说道,在洗澡时也不停地这么说着。但她妈妈把她擦干,帮她穿上睡衣,她的眼睛还是很普通。非常非常绿,非常非常漂亮,但并不闪光。"我有了闪光的眼睛,就能做许多事情,"她想要说服看上去快要失去耐心的妈妈,"我晚上走在街上,司机们从很远之外就能看到我。我长大了,可以在黑暗中看书,那样可以省很多电。你在电影院里跟我走散了,不用去找领座员,立刻就能找到我。""你哪儿来这么多关于闪光眼睛的胡说八道啊?"妈妈说,点了支烟,"根本没有那种东西。是谁把这可笑的主意塞进你脑子里的?""有的!"小女孩叫道,在床上上蹿下跳,"有的,有的,有的。另外,你不应该在我身边抽烟,因为这对我不好。""好吧,"妈妈说,"好吧。看,根本没点着啊,"她收起香烟,"现在,做个好姑娘,上床睡觉,告诉我是谁跟你说了闪光眼睛的事儿。别跟我说是你们的那个胖老师。""她一点不胖,"小女孩说,"不是她说的。没人跟我说过。是我自己看见的。我们幼儿园里有个脏兮兮的小男孩,他就有那样的眼睛。""那脏兮兮的小男孩叫什么名字?""我不知道,"小女孩耸耸肩,"他有点儿脏,总是坐得离每个人很远。但他的眼睛肯定是闪光的。我也想要那样的眼睛。""那明天去问问他从哪儿得到那种眼睛的,"妈妈建议道,"他告诉了你之后,我们也去给你搞一双来。""明天就去?"小女孩问。"明天就去,快睡吧,"妈妈说,"我出去抽支烟。"

第二天,小女孩让爸爸很早就送她去幼儿园,因为她实在是等不及要去问那个脏兮兮的小男孩从哪儿得来了闪光眼睛。不过她早到了没用,因为那个脏脏的小男孩是最后到的,比其他人晚很多。而且他今天不怎么脏。他的衣服还是有点旧,上面有些斑点,但他似乎洗过脸了,头发也胡乱梳过。"告诉我,"小女孩毫不犹豫地朝他走去,"你从哪儿得来了闪光眼睛?""我不是有心想得到的,"胡乱梳过头发的小男孩抱歉道,"这件事就这么发生了。""那我要做什么,也能让这件事在我身上发生呀?"小女孩大声呼喊。"我觉得你需要极其渴望一些事儿,那些事一直没发生,你的眼睛就变得闪光了,就这么简单。""这太蠢了,"女孩说,生起气来,"我极其想要一双闪光的眼睛,这件事没发生,但我的眼睛还没闪光呀?""我不知道,"男孩说,因为她生气而害怕了,"我只知道我自己的情况,不知道别人的。""很抱歉,我大叫大嚷,"小女孩宽慰他,用小小的手抚摸他,"也许你只是想某件特定的事情。告诉我,你非常想要却没得到的是什么?""一个女孩,"男孩结结巴巴地说,"做我的女朋友。""就这个?"小女孩惊呼,"但这也太简单了。告诉我她是谁,我去让她成为你的女朋友。她如果不愿意,我会让所有人都不跟她说话。""我不能告诉你,"小男孩说,"我太害羞了。""好吧,"小女孩说,"这也没什么。再说这样也没法解决我的问题,帮我有双闪光眼睛。而且,这也不是我想做却做不到的事情。我如果想要谁做我的女朋友,她们都乐意,因为她们人人想当我的女朋友。""是你,"小男孩脱口而出,"我想你做我的女朋友。"有那么一会儿,小女孩什么也没说,因为那个脏兮兮的小男孩把她惊讶到了。然后她又用小手抚摸他,以她试图横穿马路或摸带电的东西时,她爸爸会用的声调解释说:"但我不能做你的女朋友,因为我又聪明又受欢迎,而你只是个总安静地在离大家很远地方的脏兮兮的小男孩,你唯一的特别之处只是这双闪光眼睛。而且,我如果同意做你的女朋友,你连闪光的眼睛都要没有了。不过我必须承认,你今天没往常那么脏。""我把许愿粉兑了水,"没那么脏的小男孩承认,"我希望愿望成真。""抱歉。"小女孩说,没了耐心,回到自己的座位去。

  小女孩那一整天都很伤感,因为她明白自己可能永远没法拥有闪光眼睛了。没有哪个故事或歌曲或演讲可以让她感觉好点。每当她几乎要成功地不去想这件事时,就会看见那个小男孩站在小朋友们远远的那一头,静静地看着她,双眼变得越来越闪亮——因为愤恨。

"后备箱"泰迪

我正开车行驶在通往南部的老路上,去阿什杜德。坐在我身边副驾驶座位上的是"后备箱"泰迪。他听着一盘磁带,不断敲着仪表盘。他熟悉这条路就像熟悉自己的掌纹一样。他参军前住在这一带时,每周六晚上都和朋友开车去特拉维夫。就是那帮朋友给他取了"后备箱"泰迪这个名字。如今没人这么叫他了,连"泰迪"都没人叫了。如今,大多数人叫他"舒乐先生"或"舒乐"。他妻子叫他"西奥多"。我不觉得他喜欢妻子那么叫他。

我们去和当地市政委员会做笔生意。我大概该说是他去做生意,我只是载他去而已。这是我的工作。我是一个司机。我曾经每天送奶制品,挣钱更多,但我无法养成每天早上四点钟起床的习惯,也不愿和杂货铺那些小气鬼为了一点找头争执不休。泰迪曾说我是个没有野心的人,他因为这个很嫉妒我。我觉得那大概是他唯一一次对我表现出屈尊俯就的态度。大多数时候,他其实挺和气的。

我得到这份工作的第一天,替他开了车门,但他告诉我不要为他开车门。而且他还总是坐在前排,在读书和看文件时也是如此。我们停下来吃点东西时,总是他付账。我不太喜欢这样,所以我们最终达成协议,他每付五次钱,我付一次,因为他挣的钱是我的五倍。这是他的主意,我们说好的,因为这个办法听上去挺合理。

我头一次付账是在南部某个加油站的牛排店里。食物难吃极了,侍者在我们准备结账时缠着他:"真是出人意料啊,这要不是'后备箱'泰迪,那就真是见鬼了。"泰迪对侍者笑了笑,点点头,但我觉得他对此并不兴奋。我们讲定过,我们中一人付账,另一个就留小费。我们离开时,我注意到他没给侍者留一分钱。

"真会拍马屁。"之后我在车里对他说。"为什么这么说?他是个很好的人呀,"他口是心非地说道,"可能是我们年级成绩最好的学生,现在却被困在这里当服务生,真是滑稽。"我想问他小费的事,但好像有点跑题,因而问他绰号的事儿。"我不大喜欢那个名字,"他回答,"别那样叫我,好吗?"

那晚,我让他下车时,他态度缓和了一点,告诉我他还是个孩子时，有次上学迟到了。在走廊里，有人跟他说，他应该告诉老师是他爸爸开车送他上学的，在路上，车里某个部件坏了。他照着说了。老师问他到底车里的哪个部件坏了时，小泰迪告诉她是后备箱坏了——他被赶出了教室。

我知道了这个故事之后，虽然继续叫他"舒乐"，但心里想到的只有"后备箱"泰迪这个称呼。"那希姆雄，我跟他开这个价，他的圆顶小帽都会转起来，"泰迪说，跟着广播里放的歌曲敲打仪表盘，"市政委员会的那些家伙假装无比缺钱，其实阔绰得要死。"他和他们开完会之后，我们决定在附近一家据说很棒的俄罗斯餐馆吃午饭。"后备箱"泰迪请客。我可能还喝酒了，但不多，因为我还得开车回特拉维夫。

他去开会时，我去停车。我之前一路上握着方向盘时感觉不好，现在我看到这是因为一只前轮胎瘪了。我有备胎，但千斤顶不见了。我能对付着回到特拉维夫，但反正我有时间可以消磨。"喂，小孩，"我对一个在院子里拍球的瘦骨伶仃的小男孩说，"去问问你爸爸是不是有千斤顶。"小孩跑回家，回来时跟着个穿短裤和人字拖的家伙。"跟我说说怎么啦，蠢货，"夹人字拖的说，朝我挥挥车钥匙，"我他妈为什么应该弄个千斤顶来帮你？""因为人们对彼此友善，活着会更开心更有趣啊。"我企图挑动他的恻隐之心，而且我听说小镇上的人心地好。"你不记得我了，呃？"他说，从车里拿出千斤顶，丢在我脚边的地上，"两份猪排，一罐可乐，一罐健怡可乐，一份巴伐利亚布丁附两把勺子。连小费的声响都没听见，是你吧，好人先生？"随后我想起来了，他是那个给"后备箱"泰迪和我侍餐的人。他其实人挺好，骂骂咧咧了几句，却帮我弄好了轮胎。我在换胎时搞得全身一团糟。"一辆好车啊。"我们搞定之后他跟我说。我跟他说我只是司机时，他看上去很惊讶。"那么说在餐馆里，你是跟老板在一起，"他笑了，"'后备箱'泰迪——你老板？可怜的家伙，他现在混那么好。"

他的孩子拿着一瓶家庭装、气几乎漏光了的可乐和两只玻璃杯回来。"他告诉过你大家为什么叫他'后备箱'泰迪吗？"夹人字拖的问，给我倒了杯可乐。我点点头。"我们简直是俩混蛋，嗯？"他露出一个奇丑无比的笑容，"那现在他会不会为了怀旧一下，在你开车时躺躺后备箱？"他看我没明白，就告诉我，他们读高中时组成了一个六人帮，每周六晚上一起去特拉维夫。五个人坐在车里，而泰迪，"一直蜷缩在后备箱里，像这样，穿着出门找乐子的衣服，"夹人字拖的笑道，"我们关上后备箱，直到特拉维夫才打开。在回来的路上也是一样。你烂醉如泥地乘过后备箱吗?"我摇摇头。"我也没有,"他拿回我空了的玻璃杯,"唉,至少他现在坐前排了。"

我正开车行驶在通往北部的老路上,去特拉维夫。坐在我身边副驾驶座位上的是"后备箱"泰迪。他听着一盘磁带,不断敲着仪表盘。他熟悉这条路就像熟悉自己的掌纹一样。他参军前住在这一带时,每周六晚上都和朋友开车去特拉维夫。就是那帮朋友给他取了"后备箱"泰迪这个名字。如今没人这么叫他了。

发生故、故障

我觉得我的电脑坏、坏了。我不觉得是电脑本、本身的问题，只是键盘出毛病了。我买下它的时间并不久，它是我从、从分类广、广告上看到的翻、翻新机。把它卖给我的家伙很奇怪。他开了门，穿着一条丝质长袍，戴着顶软、软呢帽，像是黑白艺术电、电影里的漂亮妓女。他给我倒了杯茶，加上几片他种在窗口花盆中的薄荷。"买这电脑可算是捡了个大便宜，"他说，"你不会后悔的。"所以我给了他五、五百块，现在我后悔了。广告说他们要把所有东西卖掉，然后去长途旅行了，但是戴软、软呢帽的家伙给了我真实理由：他随时都会由、由于某种疾病而死，只是这不太合适写在广告里，不然不、不会有人上门。"事实上，"他说，"死亡有点像去某个地方旅行，所以这不算虚、虚假广告。"他说话时，声音颤抖，貌似很乐观，好像死亡真、真的是去往一个新地方的逍遥自在的旅行，而不是挥之不去的无、无边黑暗。"需要提供担保人吗?"我问,他笑了。我是认真的,但他笑起来,我觉得很尴尬,所以假装这件事真的很滑、滑稽。

无首之男

　　他们在我们学校篮球场后面的灌木丛里发现一个没头的男人。我说"他们",好像有很多人,但其实只有我的堂哥吉拉德,他的球不小心飞到灌木丛里去了。他告诉我那是他见过的最恶心的东西。因为球正好掉在头原来所在的地方。他弯腰捡球时,一种湿哒哒的蜥蜴从死人脖子上的洞里爬出来,溜到他胳膊上。这实在是太恶心了,所以他后来在泉水里洗了半小时手。即使如此,他的手上仍然留着腐烂食物的气味。

　　警方在电视上说这是谋杀。你不必是哥伦布也能发现这一点。一个人病死又不会没了头。但他究竟是怎么被谋杀的呢?警方除了说这是谋杀,没说出任何其他情况——是否与黑帮有关啦,政治原因啦,或与他们在新闻中所称的第三类时间有关啦。"除此之外,"警方发言人说,"犯罪调查组还要查明一件事,就是被害者的头在哪儿。"警方的一种判断是,谋杀发生在另一个完全不同的地方，凶手在移动死者之前，把头割掉了。这种判断听上去还算合理，只是吉拉德和我知道那是错的。因为吉拉德在灌木丛里发现他时，头还在那儿。身首异处，但头的确还在那儿。但警察赶到现场时，图苏里——跟我堂哥一起打篮球的那个，笑话我堂哥像个女孩，因为一点点血和一条蜥蜴在泉水里洗手——抓起头跑了。吉拉德并没确切看到他这么做，但基本确定事情就是这样。他仔细考虑后，什么都没对警察说，因为他如果说了，而事情又真是图苏里干的，吉拉德以后可逃不脱被打得狗啃泥。

吉拉德告诉我那颗头眉毛连在一起，下巴正中有个洞，像电影《绿宝石》里的男主人公。他看见那双眼睛时它们是闭着的，这可太幸运了，因为如果某个没身子的人对你投以死人的眼神，你会当场吓得屎尿满裤裆。一个小孩在图苏里身边，最不想做的事情就是把屎拉在裤裆里。因为如果图苏里看见了，五秒之内整个学校就都知道了，包括女生们。吉拉德比我大一岁，他是初中小孩里唯一有固定女朋友的人，他女朋友叫阿娜特。她念的是另一所学校。他们并不上床什么的，但爱抚肯定有过。我巴不得有个女孩儿——有她一半漂亮就行了——能让我稍微碰碰她，隔着衣服都行。吉拉德说阿娜特大概就是喜欢他懂得如何照顾好自己。他总是带她潜入乡村俱乐部的游泳池，或诸如此类的地方。所以她如果知道吉拉德把屎拉在了裤裆里，会立刻甩了他。所以他实在是很幸运。我暗自思忖，图苏里是多么垃圾的一个人啊，偷了一个他不认识的人的头，就像从杂货店里偷了条巧克力棒。这事的内幕真是惊人，一个没有躯体的头颅，呵呵……再想想那个人的家人。我们设想这人有个孩子，这个孩子不得不看着他们把他父亲埋了，这还不算坏，但要命的是他还会想到父亲的头不知道在哪儿滚着，被小孩子们当球踢，或被当烟灰缸用。我们在沙威玛遇到图苏里，我跟他这么说了。我告诉他："你觉得很好玩。但如果那是你爸爸，他们偷了他的头，你就一点都不会觉得好玩了。"而图苏里嘴里咀嚼着东西，直视我说："肖斯塔克，你自以为是个英雄，哈？干什么？你这个篮球明星堂哥能保护你？他知道，如果我吃完这个皮塔饼你们还杵在这儿，他那他妈的一米八的块头帮不了你，我会把你们俩都打出屎来。"吉拉德对图苏里说："你干吗胡闹呀。罗尼只不过是说说他的想法。"图苏里无视他，只是弯腰含着他沾满口水的皮塔饼对我说，我最好还是管住自己的嘴，否则谁都不知道会发生什么事。

吉拉德和我走了，我没再提起过这件事。他们永远都没搞清楚那个无头男人是谁。警方说从他的阴茎可以判断，他不是犹太人,但没人能说出他到底遭遇过什么事,为什么会遭遇那样的事。爸爸说,从前在以色列,一个女人可以深夜独自走在街上而毫无惧怕,除了碰到阿拉伯人时可能会有点麻烦。而现在这里像美国——很多人吸毒,你孩子念书的学校的操场上有没头的尸体。没人会为此欢欣鼓舞。妈妈总是试图大事化小,跟他说可能所有人都错了,这没头的男人不过是自杀,或是在夜里摔倒,某个动物叼走了他的头。爸爸谈论这事时,我想过跟他提图苏里,但随后记起吉拉德是有多害怕,所以我跟自己说,能怎么样呢?他如果不是犹太人,那他的孩子可能在离这里很远的地方,也许还不知道他死了。我如果告发图苏里,只会挨一顿暴打,还毁了住在罗马尼亚或波兰的几个孩子的幻梦。他们以为他们的爸爸正在打工,或在某个遥远国家逍遥度日。

暑假之后,我升上九年级,吉拉德已经被女朋友彻底甩了。图苏里退学了,在美嘉超市的速冻食品柜台工作,而我自己有了个女朋友。她不太让我对她动手动脚,也不太让我亲她。她的名字叫梅拉芙,她有你这辈子见过的棕色最纯的眼睛,嘴唇看上去总是很湿润,下巴正中有个洞,就像吉拉德说他看到的那个没头的男人。

比目鱼

  我从回到以色列起,就觉得每样事情都不同了。腥臭,阴郁,沉闷。与阿里共进午餐曾点亮我每天的生活,但如今这件事成了负累。他要跟那个纳西亚结婚了,今天他把这个消息作为惊喜告诉我。我当然被惊到了,就好像奥弗四天前没有眨着眼睛告诉我这个秘密。他爱纳西亚,他看着我的眼睛。"这次,"他用低沉而十分确信的口吻说,"这次,是真的。"

  我们定下日期,在海滩上的一个垂钓区域相见。现在经济不景气,特价午餐的价格像个玩笑,哪会有人去。阿里说经济衰退对我们来说是好事,因为我们——虽然我们可能还没意识到——是富有的。经济衰退,阿里解释道,会让穷人觉得艰难——不应该用"艰难"来形容,是致命的。但对富人来说呢?经济衰退就像常飞行旅客的红利点。你可以不加一分钱,把以前享受的规格统统升级。尊尼获加从红标换作了黑标,四天的半膳宿行程扩展到一周,谁会错过呢?去!就!是!了!"我恨死这国家了,"我们等菜单时我跟他说,"要不是生意的关系,我永远离开这儿。""跟你认真说啊,"阿里把穿凉鞋的脚跷到身边的椅子上,"你在全世界的其他哪个地方能找到这样的海滩呢?"

"法国,"我跟他说,"泰国,巴西,澳大利亚,加勒比海……"

"好了,好了,那去吧,"他沾沾自喜地打断我,"吃完饭,喝完一小杯浓缩咖啡后,就出发!"

"我说的是,"我强调,"这儿如果没生意……"

"生意,"阿里拉长声调爆笑,"生——意——啊……"接着他向侍者挥手要菜单。

女服务员走过来,告诉我们今天的特价午餐是什么,阿里抛给她一个表明他正爱着另一个姑娘的淡漠眼神。"主菜,"女服务员摆出自然、魅惑的微笑,"我们有奶油胡椒烩红金枪鱼片,下面铺淋照烧汁豆腐的比目鱼,还有撒盐并加柠檬汁的大话鱼。""我要比目鱼。"阿里飞快地说。"大话鱼是什么?"我问。"大话鱼是刺身。用盐稍微腌过,但没有放调料……""它真的会说话?"我打断她。"我还是力荐比目鱼,"女服务员点点头后,继续说,"我自己没试过大话鱼。"

我们一开始吃，阿里就跟我谈起他跟纳西亚的婚事。阿里更喜欢叫她"纳斯达克"。阿里给她取这名字时，"纳斯达克指数"还在拉阳线，也没有显出要出现新情况的迹象。我说恭喜，我很高兴。"我也是，"阿里在座位里陷得更深，"我也是。我们拥有美好的生活，嗯？我和纳斯达克，你……单身，暂时的。一瓶好白酒，空调，大海。"

鱼十五分钟后上桌了。据阿里说，比目鱼棒极了。我点的大话鱼保持安静。"所以它不说话喽。"我说。阿里厉声说："那又怎样？呀，别在这儿大吵大闹。我的意思是，我可没那份耐心。"他看到我仍然对女服务员招手，便建议道："咬一口嘛，如果不好吃，再送回去。至少先尝一口啊。"女服务员带着与之前同样魅惑的笑容回来。"这鱼……"我对她说。"怎么啦？"她问，直起她已经很长的脖子。"它不说话啊。"女服务员觉得好笑，吃吃笑起来，飞快解释道："这菜被叫作大话鱼，只是为了表明这是种怎样的鱼。这个名字表明它会说话，但它会说话并不意味着它在任何时刻都说话啊。""我没明白……"我开口道。"你只需要明白，"女服务员屈尊俯就般地对我说，"这是家餐馆，不是卡拉OK厅。您如果不喜欢这道菜，我很愿意为您换点别的……您知道吗？反正我很愿意为您换点儿别的……""我不想要别的，"我不得要领地坚持,"我想要它说话。""好了好了,"阿里插嘴,"你不用拿别的来了。这里什么都挺好。"女服务员脸上闪过和之前两个完全一样的第三个笑容,走开了。"伙计,我要结婚了。你明白吗?我要和人生挚爱结婚了。而这次……"阿里停顿了两秒,"这次是真的。这顿饭,是个庆祝,所以快点儿,跟我他妈的一起吃吧。别管鱼了,也别无缘无故抱怨国家了。跟我一起乐一下,跟你的好朋友一起,好吗?""我很高兴啊,"我说,"真的。""那就吃了这丑得要命的鱼吧。"他央求道。"不,"我说,又立即纠正自己,"现在不能吃。""就现在,现在,"阿里催促,"趁现在它还热着——或者把它送回去。但别像现在这样。不要让鱼待在桌上,而你又不说话……""它不会变冷,"我纠正他,"它是生的。而且我也没有不说话,我们可以讲话……""好啦,"阿里说,"别去想它啦,"他愤怒难抑,"反正我的胃口倒光了。"他伸手拿钱包,但我阻止了他。"我来请吧,"但我没站起来,"向你的婚礼致敬。""去你妈的,"阿里低声说,但放开了钱包,"我干吗还要跟你解释爱情呢。你这基佬。我说基佬了吗?我巴不得——你是无性恋……""阿里……"我试图打断他。"尽管现在,"阿里朝空中摇着一根手指,"尽管我现在就知道之后我会后悔这么说。但感到后悔并不会改变事实分毫。""祝福你。"我试图给他女服务员的那种自然的微笑,而他给了我一个半是谁在乎,半是再见的挥手,离开了。"一切都好吗?"女服务员在远处打着手势。我点点头。"您要结账吗?"她继续打手势。我摇摇头。我透过玻璃杯看大海——有点朦胧却非常浩大。我看着鱼——横卧在那儿,双眼紧闭,身体起起伏伏,好像还在呼吸。我不知道这桌是不是在吸烟区,但我点燃了一支,心满意足的"饭后一支烟"。我并不饿。在这儿很惬意,可以眺望大海——但这儿只有玻璃和空调,没有微风,这实在太糟了。我可以像以前那样眺望大海几个小时。"走吧,"鱼对我耳语,没睁开双眼,"招辆出租车去机场,跳上最早起飞的飞机,去哪儿并不要紧。""但我不能就这样离开啊,"我用清晰、缓慢的声音解释,"我在这儿有承诺,有生意。"鱼又闭嘴了,我也是。差不多一分钟后,它又说:"没关系,忘了吧。我很沮丧。"

他们没把鱼算在账单上。他们给我换了份甜点,我说不需要时,他们免去了四十五谢克尔。"我很抱歉……"女服务员说,飞快地解释道,"我很抱歉你不喜欢它。"一秒钟后,她又用细指指了指那条鱼。"不,不,"我反驳,一边打手机叫出租车,"鱼很好。真的,你们这地方不错。"

小矮马

他们叫它"金棍",你得在你女朋友在上面小便之前读一下说明书。你冲杯咖啡,吃块饼干,好像一切平安无事。你看个MTV片段,调整到歌手状态,做依偎状,跟着他唱合唱部分。然后你又去看那根棒子。棒子上有扇小小的窗户。窗户里如果出现一条线,意味着万事大吉。窗户里如果出现两条线——咳,你反正是想做爸爸的。

他爱女朋友。但不是结结巴巴说"我当然爱你啊"的那种爱。他永远爱她,像是童话故事里"我明天将沿着教堂走道去向圣坛"的那种爱。但有孩子这件事真的让他觉得有压力。对女朋友来说,这也是桩很有压力的事,但流产更吓人。他们如果觉得两人总会朝着组建家庭的方向走去,那么只不过是把时间往前提了点。"你很紧张嘛,"女朋友笑了,"看你这汗出得。""我当然紧张啊,"他也试着笑了笑,"对你来说容易,你有个子宫,但对我,你知道我的,我觉得没头没脑时都会紧张,何况现在是……""我也害怕。"女朋友搂着他。"别在意,"他拥抱女朋友,"听着,最终总会有解决办法的。如果是个男孩,我就教他踢足球,如果是个女孩——你知道吗,她会快乐地长大的。"然后女朋友流了点眼泪,他安抚了女朋友一会儿,随后女朋友睡着了,但他没有。他觉得内心深处有一个个痔疮正像春天时的百花开放。

起初,女朋友没肚子时,他试图不去考虑此事。不是说这样有什么用,但他还抱点侥幸。之后,女朋友的身子显出一点,他想象它坐在女朋友的胃里,一个穿着光鲜三件套的小混蛋。确实啊,你怎么知道生下来的不是个小混蛋?因为这就像俄罗斯轮盘赌,你永远无法预知会得到什么样的小孩。女朋友怀孕三个月时,他有一天去商场给自己的电脑买点部件,看到一个穿工装裤的令人厌恶的小孩,强迫妈妈给他买个电视游戏机,假装妈妈如果不买,他就把自己圆胖的小身子从二楼围栏上翻出去。"跳啊,"他从下面朝那孩子喊,"我打赌你不敢,你这个小敲诈犯。"随后他在那个歇斯底里的母亲找保安抓他时跑掉了。第二天晚上,他梦见自己把女朋友从楼梯上推下去,导致她流产。也许这不是个梦,只是他们出去看电影时,他脑中闪过的想法。他开始觉得事态严重,必须做点什么。严肃认真地做点事情,不是跟母亲或外婆进行一次真诚的交谈,但得去拜访太外婆。

太外婆已经老到问她年纪很不明智的年纪,而如果说她还有什么不讨厌的事情,那就是有人拜访她。她整天在家看肥皂剧,有人来访时也不关电视。"我好怕,太婆,"他在客厅长沙发上抽泣起来,"我好怕,你都不知道。""怕什么呀?"太外婆问道,依然看着大胡子维克多告诉一个包着毛巾的女人,他其实是她的父亲。"我不知道,"他含糊其辞,"某个我从来没想到过要的东西要出生了。""仔细听我说,重孙,"太外婆说,点头和着电视剧片尾曲的音乐,"晚上,她睡着了,你把头贴在她的肚子上,这样你就能把梦境传输进去了。"他点点头,但并不真的明白。太外婆解释道:"梦是种很强烈的愿望。强烈到你无法用言语表达。现在,在她肚子里的胎儿对什么事情都还没认知,所以会立刻接纳你的梦。你不管梦到什么,他都能知道。"

从那之后,他每晚把头放在她每时每刻都在变得更大的肚子旁边。他不记得自己梦到了什么,但敢发誓都是美好的梦。他记不起这辈子有没有睡得像那样安宁过,都不起夜了。妻子并不明白每天早晨发觉他滑稽的睡姿意味着什么,但很高兴看到他又放松下来。他直至进产房都很放松。不是说他不在意了什么的,他非常在意这件事,只是恐惧被期待代替了。他看见医生无奈地走向他，助产士和护士们交头接耳之前，时刻相信一切都会好的。

最终，他们有了一匹小马，或更确切地说，一匹小矮马。他们叫他黑米，取自一个在十分卖座的电视剧中出镜，给太外婆留下深刻印象的成功实业家形象。他们倾注了许多爱去养育他。在周六，他们牵他去公园，跟他玩各种游戏，主要是牛仔和印第安人的游戏。事实上，在分娩之后，她有很长时间十分抑郁，虽然他们从来没谈起过，但他知道不管她多么爱黑米，在她内心深处，她还是想要点不一样的。

与此同时，在肥皂剧中，那裹毛巾的女人早就向维克多开了枪，两枪，现在他已经戴上呼吸机好几集了，太外婆对此很不开心。晚上，所有人入睡后，他关了电视，去看睡在他于育婴室地板上铺的干草上的黑米。黑米睡着时很滑稽，把头从一边摇到另一边，好像在听谁跟他说话。偶尔，他会因为特别好玩的梦嘶鸣几声。妈妈带他去看过好多专家，他们都说他永远不会长大。他妈妈说："他会永远是个侏儒。"但黑米不是侏儒，他是一匹小矮马。"太糟了，"他每晚哄黑米入睡时，都会咕哝，"真糟糕，妈妈不能梦见一个也会成真的梦。"然后他会轻抚黑米的鬃毛，给他哼童谣和有关马儿的曲子的串烧歌。串烧歌总是以"所有漂亮的小马儿"开头，在他自己睡着了之后才结束。

时差综合征

在我上一次从纽约回来的飞行中,一个空乘跟我恋爱了。我知道你们是怎么想的——我是个爱炫耀的人或者是个骗子,或者两者都是。我觉得这是因为我身材魁梧,或者我至少希望你们是这么想的。其实我的块头并不大啦。但她是真的爱上我了。事情在飞机刚起飞不久、空乘开始送饮料时就发端了。事情在我说我什么都不想喝,而她坚持给我倒点番茄汁时就萌芽了。

而事实上,我在此之前就有点怀疑了。在飞机起飞前的应急演练中,她的眼睛一眨不眨,目光没离开过我,好像全世界只有我一个人似的。

如果说这还表现得不够明显,那她在我刚刚吃完飞机餐后,随即又给我另拿了一份卷饼。"只剩下这一份了,"她对坐在我旁边、对那个卷饼一脸馋相的小女孩说,"是这位先生先点的。"但我没点啊。长话短说吧,她就是对我有意思了呗。连那个小女孩都意识到了这点。"她爱死你了。"当她的妈妈,管她是谁,去了厕所时,她说道。

"快去呀,现在就去。在这飞机上就成全她吧,跟她倚着免税品推车做爱,就像西尔维娅·克里斯特尔在《艾曼纽》中那样。去吧,操她,哥们儿,让她嗨翻天,也算是为了我。"这样的话出自一个小女孩之口,让我有点惊讶。她看上去只是个举止得体、不过十岁的金发小东西,却突然满口都是"嗨翻天""艾曼纽"之类的玩意儿。我实在太尴尬了,所以试图换个话题。

"甜心,这是你第一次出国吧?"我问,"妈咪带你出来玩?"

"她不是我妈妈,"她回击道,"我也不是小女孩。我是个乔装打扮的侏儒,她是我的搭档。这事儿你要保密,但我穿成这样的唯一原因是,我的屁眼里正兜着五磅海洛因。"然后,那个当妈的回来,小女孩又表现得一切如常,除了每次那个空姐经过,微笑着递来水啊,花生啊这类空乘通常会拿来的东西时。空姐基本都是冲着我来的。

那个小姑娘只要醒着,就会做出许多很粗俗的姿势来。过了一会儿,她起来去厕所,她的妈妈坐在靠过道的座位上,朝我投来一个疲倦的微笑。"我离开的时候,她大概让你抓狂了吧,"她悲伤地摇摇头,"我猜她告诉你我其实不是她母亲,而她曾经是个海军军官之类的。"我摇摇头,但她继续说下去。你能感觉到她的双肩上承受着整个世界的重压,她极度想让某个人分担一些重压。

"自从她父亲去世后,她就一直企图用这种方式惩罚我,"她又说道,"好像我是那个该为他的死受谴责的人。"然后她真的哭了起来。"夫人,这不是您的错,"我说,把手安抚性地搭在她的肩上,"没人觉得您该受谴责。""他们就是这么做的!"她啪的一声打开我的手,"我知道他们就是这么做的,但我被当庭释放了,所以你不用这样怜悯地对待我。谁知道你肚子里是不是一包坏水!"

小女孩回来了。她盯着妈妈,示意她闭嘴。随后她温柔地瞥了我一眼。我在自己靠窗的座位上缩成一团,试图回忆我的过去里隐藏着哪些劣迹时,感到一只汗津津的小手把一个皱巴巴的纸团塞进我的手里。"吾爱,"纸条上写道,"请到配餐室来找我。"签名是大大的孩子气的印刷体:"那个空姐"。

小女孩朝我挤眉弄眼。我僵持不动。每隔几分钟,她就朝我挑挑眉毛,到最后我实在受够了。所以我离开自己的座位,假装朝配餐室的方向走去。我打算走到机尾,在那儿数到一百,再走回去。我希望那个小讨厌鬼到那时会罢休。飞机还有不到一个小时就会落地。只有天知道我是多么急切地想回家去。我在厕所附近听到有人用温软的声音叫我。是那个空姐。

"你立刻就来真是太好了,"她说,在我的嘴唇上吻起来,"我很担心那个不讨人喜欢的小孩子不会把纸条给你。"我想说点什么,但她又开始吻我。然后她把我推开。"没时间可以浪费了,"她气喘吁吁地说,"飞机现在随时有可能失事。我必须救你。""失事?"我蹦了起来,"为什么呀?出什么岔子啦?""没出什么岔子。"谢莉说,摇了摇头。我知道她叫谢莉,因为她的工作名牌上是这么写的。

"我们是有意失事的。""'我们'是哪些人?"我问。"机组人员,"她眼睛一眨不眨地说道,"是来自上级的命令。每隔一两年,我们要在大洋上坠毁一架飞机,尽可能做得自然,可能会死一两个小孩。于是人们会更加关注飞行安全。你懂的,只有这样,他们才会对我们的紧急逃生步骤演示上点心,就是这么回事。""但为什么是这架飞机?"我问。她耸耸肩。"不知道。是上面的命令。他们最近做事好像蛮草率的。"

"但是……"我努力说话,"紧急出口在哪里?"她发火了,没让我把话说完。老实讲,我真的不记得出口在哪儿了。"你看吧,"她点头道,"人人都太大意。别担心,我亲爱的。他们中的大多数人都会活下来的，但我不能冒险让你听天由命。"随后她俯身，递给我一个很像小孩子书包的塑料背包给我。"这是什么？"我问。"一顶降落伞，"她又吻了我，"我数到三，就会打开门。你就在那个时候跳下去。你其实不用跳，你会被吸出去的。"

诚恳地说，我真的不想这样。在午夜时分从飞机上跳下去，我可不好这一口。谢莉以为我在担心她，害怕给她带来麻烦。"别担心，"她说，"你如果不告诉别人，没人会发现的。你可以一直跟别人说，你游泳到了希腊。"

关于跳伞这件事，我真的什么都不记得了，除了下面的水冰得像是北极熊的屁股似的。我试着游了一小会儿，但随即发觉我能站起来。所以我开始蹚着水朝有光的方向跋涉。我的脑袋抽搐不停，而岸上的钓鱼人让我烦得要命，表现得好像我碰上了大麻烦，是他们救了我一命，我该付点钱给他们——他们把我背到背上，嘴对嘴做心肺复苏，做了不少诸如此类的事。但他们准备给我来个全身按摩时，我真的崩溃了，捆了他们其中一个。

我显然伤害了他们的感情，所以他们离开了。接着，我去假日酒店开了个房间，却无法入睡，我猜是因为时差的关系。所以我看起了有线电视。CNN正在直播救援行动，场面还挺激动人心的。我认出我在走去厕所的一路上看到的许多人。他们被从飞机上掏拽出来,送到救生艇里。每个人都微笑着,对着摄像机招手。在电视里,整个救援场面看上去温暖人心。

结果,除了一个小姑娘,没有人员伤亡。他们调查后发现,她还是个被国际刑警通缉的侏儒。所以,总而言之,事情完美收场。我起了床,走去浴室。我听到不远处传来幸存者开心、走调的歌声。过了一小会儿,我深深浸泡在令人伤感的旅店客房的浴缸中,想象自己也在那儿,跟他们在一起,抱着我的谢莉,坐在救生艇的尾部,拒绝向摄像机挥手。

我的女友是全裸

室外，阳光闪耀，在楼下的草坪上，我的女朋友全身裸露。六月二十一日，一年中白日最长的一天。走过我们所住这栋楼的人看着她，有些人找理由驻足——绑一下鞋带，或是踩到了狗屎，必须立刻擦掉。有些人没找任何理由就停下来，眼神真是直勾勾啊。他们中的一个向我的女朋友吹口哨，但她没注意到，因为她正沉浸于书中一段扣人心弦的情节里。那吹口哨的家伙等了一会儿，发觉她仍在读书，就走了。她书读得很多，我女朋友，但从没那样过：在室外，全裸。我正坐在三楼的阳台上，看着她，试图弄明白自己对此的感受。我觉得，说"弄明白自己的感受"这种话有点怪。有时候，朋友们放下一切事情，周六晚上来拜访，争论各种事情。一次，有个人突然站起来，气疯了，径直回家去了。我只是跟他们一起坐在那儿，关了声音，读着字幕看电视。大多数时间，我假装在思考，但很难把思绪形成话语，而总有人利用这点，发表他的意见。

但那时，我们讨论的是寻常话题，政治什么的，而此刻，我谈的是我的女朋友，她正全裸。真的，我跟自己说，你应该知道自己是什么感受。现在，埃列兹沃斯夫妇出现在门前对讲机的位置。埃列兹沃斯夫妇住在比我们高两层的顶层阁楼里。男的很老了，可能一百岁了吧，我不知道他叫什么名字，只知道他的名字是以"S"开头的，他是个工程师，因为他们的常规信箱旁边还有个更大的信箱，上面写着"S.埃列兹沃斯，工程师"，这不可能是埃列兹沃斯太太的全名，因为我们对门的邻居告诉我，她是个海关稽查员。她也不是妙龄少女了，埃列兹沃斯太太。她金色的头发只剩小小一把了。我们第一次跟他们一起乘电梯，我女朋友就确信她曾经是个应召女郎，因为她的香水闻起来像某种清洁剂。埃列兹沃斯夫妇停下来，看着草坪上我全裸的女友。他们是房客委员会最有影响力的两个人。比如说，让栅栏上爬满葡萄藤，就是他们的主意。埃列兹沃斯先生对妻子耳语了几句，她耸耸肩，他们继续往前走。我女朋友没注意到他们路过她身边，她被书深深吸引了，全神贯注。我是什么感受？如果真要我把感受形成话语，就是她晒成棕色太好了，因为她是棕色时，绿眼睛会更引人注目。她反正要把自己晒成棕色，最好的办法就是全裸，因为如果说我讨厌什么东西，那就是泳衣带子的印痕。全身深色上有一块白的，你会觉得那块白的和其他地方不是同一张皮，而是从地中海俱乐部买来的人工合成品。但另一方面，惹怒埃列兹沃斯夫妇可不是好主意。我们只是租了这地方，我们有意向待上两年。他们如果说我们惹事，房东会提前六十天通知我们，然后赶我们出去。租约就是这么写的。虽然"另一方面"不与任何人，也绝不会与我的感受有丝毫关系，但这是我不得不考虑的风险。我女朋友现在转身晒背了。她的屁股是我的最爱，虽然她的奶子也很棒。一个溜着旱冰的孩子经过，朝她喊道："嗨，女士，你的阴道露出来了！"好像她自己不知道似的。我兄弟有一次说，她是那种在一个地方待不长的姑娘，我应该做好准备，不要被她伤了心。他说这话是很久以前的事情了，我觉得，差不多有两年了吧。那个家伙站在那儿朝她吹口哨时，我突然想起这茬。有那么一会儿，我很怕她站起来，离开。

太阳很快就会下山，她会回到屋里来。没多少可供日光浴的光线了，也没多少可供阅读的光线了。她进来之后，我会给我们俩切几片西瓜。我们会坐在阳台上，一起吃西瓜。她如果很快进来，我们也许还能一起看日落。

瓶　子

两个家伙坐在酒吧里。他们中的一个念大学,而另一个每天虐待吉他一遍,认为自己是个音乐家。他们已经喝了两瓶啤酒,还计划起码再喝两瓶。读大学的家伙碰巧很沮丧,因为他爱上了室友,而那个室友有个每晚睡在他们公寓里的脖子多毛的男朋友。早上,他们碰巧在厨房相遇,这个脖子多毛的家伙会对读大学的家伙扮出"我很同情你"的鬼脸,这让大学生更加沮丧。"搬出去。"自以为是音乐家的家伙告诉他——这音乐家有避免冲突的经验。他们说话时,一个他们之前没见过的扎着小辫的醉汉进来问大学生,愿不愿意赌一百谢克尔,他能把他的朋友,那个音乐家,装到瓶子里。大学生立刻说好啊,因为,说真的,这赌约听上去太好赢了。那个扎着小辫子的家伙立刻就把音乐家装进一个空的嘉士伯啤酒瓶。大学生没剩多少钱了,但愿赌服输,拿出一百谢克尔,付了钱,走去望着墙发呆,为自己感到遗憾。"跟他说,"他朋友在瓶子里叫,"去呀,快点儿,在他走之前。""跟他说什么?"大学生问。"把我从瓶子里弄出去,现在,快去呀。"大学生弄明白了他的意思时,小辫子已经离开了。所以他结了账,带着在瓶子里的他最好的朋友,叫了辆出租车,一起去找小辫子。有件事是确定的,那小辫子看上去不是偶然喝醉的,他老喝醉。所以他们挨个酒吧找起来。他们在每一家酒吧都再喝上一杯,以便不让自己觉得毫无斩获。大学生每杯都一口闷,他喝得越多,越为自己感到遗憾。在瓶子里的家伙没有其他什么好选择,只能用吸管喝酒。

凌晨五点,他们在海滩附近的一家酒吧找到小辫子时,两人都醉了。小辫子也醉了,他对瓶子的事情感到很难过。他立刻说很抱歉,把音乐家弄出瓶子。他因为把瓶子里的人忘了感到很尴尬,所以又给他们买了一轮酒,他们喝的最后一轮。他们谈了一会儿,小辫子告诉他们他是跟在泰国遇见的一个芬兰人学了瓶子这招,原来在芬兰,这把戏被当做是小孩玩意儿。从那之后,小辫子每次出去喝酒碰上没带现金的窘事,就靠赌博来弄点钱。小辫子还教他们如何玩这把戏,因为他实在太内疚了。你明白其中奥秘时,会惊讶原来如此简单。

大学生回到家时,太阳都快出来了。他试图把钥匙插进锁孔之前,门开了,那个脖子毛茸茸的人站他面前,洗得剃得干干净净。毛茸脖子下楼前,向他女朋友的醉酒室友投去一个"我知道你出去买醉只是因为她"的表情。大学生安静地摸到房间门前,偷看了室友一下——这个室友名叫茜万——她在自己的房间里半张着嘴,睡在被子下,像个婴儿。她现在好像有种特别的美,平静清纯。有那么一分钟,他想把她放进瓶子里,就按她现在的样子把她放到瓶子里,摆在他的床头,像人们用来装西奈五彩沙粒的瓶子。那样的瓶子就像你为害怕在黑夜中独自入睡的孩子开着的小夜灯。

拜访驾驶舱

我们在特拉维夫降落时，整个机舱响起掌声，我哭了起来。爸爸坐在靠走道的位置上，试图安抚我，与此同时，向礼貌地聆听他的人解释道，这是我第一次乘飞机出国，所以有一点感慨。"我们起飞时，她真的还好好的，"他对一个拿着玻璃可乐瓶、散发出尿骚味的老头喋喋不休，"现在我们着陆了，她突然把情绪宣泄出来了。"他把一只手放到我的后颈上（和摸狗的动作很像），用甜腻的声音对我耳语道："别哭了，甜心，爸爸在这儿。"我想杀了他，我想狠狠揍得他流血。但爸爸继续捏着我的后颈，自以为声音很小地大声对那臭烘烘的老头说，我平常不是这样，我还是军队里的炮兵指导员，而我的男朋友，吉奥拉，多讽刺啊，是以色列航空的安全员。

一周前，我在纽约着陆，我的男朋友，吉奥拉，多讽刺啊，就在飞机舱门口拿着花等我。他在机场工作，所以作此安排毫无问题。我们在舷梯上接吻,像贺曼公司拍的某些电影。他带着我和我的手提箱一秒钟内快速通过入境检验。我们从机场直接开车去了一家可以俯瞰整个曼哈顿的饭店。他买了辆凯迪拉克88,车实在太干净了,看上去像新的。在饭店里,吉奥拉不确定该点什么,我们最后选了个名字很滑稽,看上去有点像章鱼,气味很难闻的菜。吉奥拉试图把它吃掉,还说味道不错,但过了几秒钟,他放弃了,我们都笑起来。从我上次见他后,他蓄起胡须,但整张脸竟然看上去挺不错。我们从饭店出来,去了自由女神像和纽约现代美术馆。我假装很喜欢,但整个过程有种奇怪的感觉。我的意思是,我们有两个多月没见面了,但还没去他住的地方做爱,或只是坐着聊聊天,却在吉奥拉肯定看过至少两百次的旅游景点逡巡。他还在每个景点前给我作令我疲惫的讲解。晚上,我们去了他的公寓,他说他要打个电话,我去洗了个澡。我在擦干身子时,他煮了盆意大利面,用红酒和半枯萎的花摆了桌子。我真的很想只是随便谈谈。我不确定,但有种感觉,有坏事发生了,他没告诉我。在电影里,有人死了,就会有人试图在死者的孩子们面前掩饰这件事。吉奥拉继续喋喋不休他在这周里必须要带我去的所有地方,还说到他有多害怕我们不能把所有地方看完,因为城市太大了,时间又一周不到,实际只有五天,因为一天已经结束了,而最后一天,我晚上要起飞的。我走之前我爸爸要进城来,所以我们肯定什么事也干不成。我用一记亲吻止住他,我想不出其他办法。他竖起的胡须有点扎我的脸。"吉奥拉,"我问,"一切都好吗?""当然啦,"他说,"当然,只是我们的时间太紧了,我怕我们什么也看不到。"

意大利面挺好吃,之后我们做爱,再之后我们坐在阳台上,喝着红酒,看着从街上路过的微小的行人。我对吉奥拉说,能住在这样的超级大都市里一定很兴奋,我可以在阳台上就这样坐上几个小时,看看下面所有那些小狗,猜猜它们都在想什么。吉奥拉说:"住在这里没什么大不了的。"他走去给自己拿了罐健怡可乐。"你知道吗,"他说,"就在昨晚,我在从这儿向东十个街区的地方,那儿到处都是妓女。你从这里看不见,它在这幢楼的另一面。有个无家可归的老人出现在车前,他看上去还好——就一个流浪汉来说。他的衣服是旧了点,有辆装满纸板的超市购物车,他们总是从一个地方推到另一个地方的那种,但除此之外,他看上去神智完全正常,还挺整洁。我很难解释他身上的矛盾之处。这流浪汉来到我面前,说我给他十美元,他就为我提供口交服务。'我干得可棒啦,'他对我说,'我会把每一滴都吞下去。'他在说话时操着生意腔,好像正努力说服我买台电视机。我不知道该怎么办。你知道,凌晨两点,二十多个波多黎各妓女站在他二十米开外,有些相当漂亮,而这家伙,看上去有点像我叔叔,要给我口交。我的迟疑伤害了他,他一定是第一次向人提出做这种事。于是突然之间,我们俩都很尴尬。随后他对我半是抱歉地说:'那么,我也许可以帮你洗一下车?五美元。我真的很饿。'这就是我在曼哈顿最丑陋部分的经历。凌晨两点,一个大概四十岁的男人用一瓶矿泉水和曾经是芝加哥公牛队T恤的破布洗我的车。有些妓女走向我们,还有个黑人,看上去像是帮她们拉皮条的。我以为事情一定会变得乱七八糟,但他们都没开口。他们只是沉默不语地看着我们。那家伙干完了,我说谢谢,付了钱开车走了。"他说完这个故事之后,我们俩谁也没说什么。我望向天空,天空突然看上去十分暗沉。我问他大半夜去一条满是妓女的路上干什么,他说这不是重点。我问他是不是有人了,他没有回答。我问他,她是不是个妓女。起先,他什么都没说,然后他说,她在汉莎航空工作。现在,我突然能从他身上闻到那个女人的气味,气味从他的身体里和胡须里溢出。有点像德国泡菜的气味,因为我们刚做完爱,那气味也萦绕在我身上。他坚持我这周无论如何要待在他的公寓。我不想表现得像个泼妇,所以我们仍睡在一起,但我们没再做爱。我知道自己再也不会跟他做爱了,他也知道这一点。他睡着后,我又洗了遍澡,想把那个女人的气味从我身上洗去,不过我知道,我只要还和他睡在同一张床上,气味就不会离我而去。

我飞回去那天,穿上最漂亮的衣服,让吉奥拉尝点错失了什么的味道,但我不觉得他注意到了我的衣着。我们去旅馆看我爸爸时,我是真高兴。我给了他一个大大的拥抱,让他有点惊讶,但我能看出他有多开心。我爸爸问了吉奥拉一些很蠢的问题,吉奥拉嗫嚅了一会儿,说他有些紧急的事情要去处理,很抱歉不能送我们去机场了。随后他去车里拿出我的手提箱。我们道别时,假装吻了一下,我爸爸不会看出有什么不对劲。吉奥拉走后,我去我爸爸的房间里又洗了个澡,我爸爸叫了出租车送我们去机场。飞行期间,我很安静,他一直在说话。那一周对我来说太漫长了,为了给自己打气,我像上周做基础训练那样,告诉自己这是一周的最后一天了,只是这次,毫无助益。现在噩梦最终结束了,我也没觉得宽慰。那个女人的气味还在。我深吸气,试图找出气味的来源,突然意识到它来自于我的手表。她的气味从第一天起就氤氲在我的手表上。

我们用过餐后,我爸爸假装去洗手间,回来时身后跟着一个空乘。直到那时我才渐渐明白,他为我安排去参观驾驶舱,想给我惊喜。我拖着身子跟随空乘去了驾驶舱,在那儿,机长和副驾驶向我解释了关于仪器和开关的各种无聊事情。最后,一头灰发的机长问我几岁了,副驾驶爆笑起来。机长用杀人般的眼神望了他一眼,副驾驶止住笑声,机长道了歉。"我不是那意思,"机长说,"我已经养成了这种习惯。你知道,来这儿的几乎都是孩子。"机长说,无论如何,很高兴我去驾驶舱拜访他们,还问我在纽约过得好不好。我说过得挺好。机长说,他爱死那座城市了,因为那儿什么都有。副驾驶觉得有点儿过意不去,也想表示表示,说他个人对在那儿看到的贫困现象有点小难受,就和你在以色列看到那些俄罗斯移民一样。然后,他问我有没去那家新开张的可以俯瞰整个曼哈顿的餐厅吃饭,我说去吃过了。我回来,爸爸喜气洋洋,跟我换了位置,以便我能更清晰地看到着陆。我试图把座椅调到一个倾斜角度,他摩挲着我的后脑勺说:"甜心,红灯亮了,你最好扣紧安全带,我们马上要落地了。"我把安全带扣得紧实。我觉得自己很快就要哭了。

故事的形状

这是一个关于曾经住在月球的人们的故事。如今,那儿已经没人住了,但直到几年之前,那地方还到处都是人。住在月球上的人觉得自己非常特别,因为他们可以把念头塑造成任何想要的形状。一个茶壶,或一张桌子,甚至是喇叭裤的形状。所以月球上的人可以给女朋友非常有创意的礼物,比如咖啡杯形状的"我爱你"这个念头,或花瓶形状的"我心永远真诚"这个念头。

所有那些有形状的念头,都令人印象深刻。不过随着时间流逝,月球上的人们关于有些念头看上去应该是什么形状达成了一致。母爱的念头,总是被塑造成窗帘的形状,而父爱的念头,总是被塑造成烟灰缸的形状。所以你无论走进哪幢屋子,总能根据被安排等在客厅茶几上的形状,猜出那里有什么念头。

在月球上所有的人中,有一个人把念头塑造得与其他人不一样。他是个年轻人,有点儿奇怪,大多数时候被存在主义的有点恼人的问题困扰着。萦绕在他脑袋中的最主要的问题是,每个人至少有一个只属于他自己的念头。一个在色彩、体积和形状上都只属于那个人的念头。

这家伙的梦想是造一艘宇宙飞船,乘着它环游太空,收集各种独特的念头。他不社交,几乎不外出,把所有的时间花在造宇宙飞船上。他把好奇的念头做成引擎的形状,把纯逻辑的念头做成转向系统的形状,而这只是开始。他加入了许多可以帮他导航和在外太空生存的复杂念头。邻居们在他工作时在一旁观看,总觉得他在不断犯错。因为很显然,好奇的念头必须看上去像个显微镜,只有没脑子的人才会把它们做成引擎的形状。至于纯逻辑的念头,你如果不想它看上去俗气,必须将它做成架子的形状。他们跟他解释,但他就是不听。他想要发现宇宙间全部真理的渴望超越了品位,也超越了理智。

一天晚上,年轻人睡了,他的一些月球上的邻居聚到一起,因为他们为他感到遗憾,所以他们把几近完工的宇宙飞船拆开,重新塑造了他用在飞船上的那些念头的形状。年轻人早上起来,在原本是他飞船的地方发现了一堆架子、花瓶、热水瓶和显微镜。这堆东西上覆盖着悲伤的念头——一块绣花台布的形状——图案是他挚爱的狗死了。

年轻人对这更精细的飞船一点也不喜欢。他没说感谢的话,而是发疯了,吵闹,摔东西。月球上的人们看着他,不知所措。他们不太喜欢这种失态的样子。月球，正如你所知，是个万有引力作用很小的星球。一个星球的万有引力越小，越依赖于纪律和秩序，因为只要一点点力量，事物就会失去平衡。如果每个感到一点点痛苦的人都吵闹，结果就是灾难。最后，他们发现那个年轻人不打算镇定下来，别无选择，只能想个办法制止他。他们想出一种三面封闭的关于孤独的念头，一种天花板很低的牢房大小的念头，把他塞进去。他每次不小心触碰到一面墙壁，就会感觉到一股冷风，继而想到自己是孤独的。

最后，他在那牢房中想出一个绳子形状的绝望的念头，结了个套索，把自己吊起来。月球上的人们对于把绝望做成结了个套的绳子形状的主意很兴奋，很快想出自己绝望的念头，把绳子形状的绝望绕在脖子上。月球上的人就是这样绝迹的，只留下那个孤独的牢笼。但在太空风暴肆虐一百年后，它也倒塌了。

第一艘宇宙飞船到达月球后，宇航员什么人都没发现。他们只发现数以百万计的环形山。起先，宇航员以为那些环形山是曾在月球上住过的人的古老坟墓。他们凑近了看，才发觉那些环形山只是关于虚无的念头。

古尔关于无聊的理论

在我所有的朋友里,古尔的理论最多。在他所有的理论里,最有机会被证实为真理的,是他关于无聊的理论。古尔的无聊理论声称,今天世界上发生的每件事都是无聊导致的:爱情,战争,发明,假壁炉——其中百分之九十五是纯粹因为无聊才产生的。另外那百分之五里,包括他两年前在纽约地铁里被两个黑人抢劫、殴打这件事。不是说那两个家伙一点也不无聊,只是他们的饥饿胜过无聊。他精疲力竭,玩不动波板球也下不了水时,就喜欢在海滩上阐述这一套理论。我坐在那儿听他说过一千遍,私下里希望这一天会有个小女孩出现。倒不是说我们要去打她什么的,就是闹着玩,能有点事情做。

我上一次听到古尔的理论是一周前,当时几个便衣警察在本阿胡达街逮住拿着满满一鞋盒大麻的我们。"大多数法律条文也是出自无聊,"在去警局的路上,古尔在巡逻车里向警察解释,"这真的很酷,因为这让事情变得有趣。违反法律的人为被抓感到焦虑紧张，消磨了时间。而警察——警察也玩得很开心。每个警察都知道，执法时时间飞逝。故而，我原则上对你们逮捕我们没有异议。只是我对一件事有点闹不明白，为什么要给我们戴手铐？"

"闭上你的嘴。"背对我们坐的戴太阳镜的便衣警察吼道。你们可以想见，他不大高兴。他带两个喝啤酒、花光了钱、吸大麻的瘪三去警局，而不是带强奸惯犯或恐怖分子，也不是带银行抢劫犯。

古尔和我觉得这次审问很有趣，不仅因为警局有空调，还因为有个很可爱的女警陪我们坐了几个小时，她还用塑料杯给我们倒了点咖啡。古尔对她解释他关于两性战争的理论，让她笑了至少两次。整个过程很悠闲，只是一个看多了美剧《纽约重案组》的警察其间进了审讯室，想要粗暴地掴我们时，我们才有点害怕。我们很明白状况，他靠近之前，就坦白了一切。现在，你听我讲这件有趣的事情时，大概以为事情进行得很快，但事实是，我们填完所有表格时，已经是晚上了。古尔打电话给奥利特，奥利特八年来几乎一直是他的女朋友，直到六个月前才明智地离开他，找了个更合拍的男朋友。她来警局交了保释金。她是一个人来的，好像古尔又给她弄了个烂摊子，她被气坏了。但事实是，你看得出她很开心看到吉尔，很思念他。她把我们保出去之后，古尔想跟她去喝杯咖啡什么的，但她说她必须走了，因为她在舒普玛药店上夜班。或许下次吧。古尔说他给奥利特打过很多电话，留了很多爱的讯息，但她从来不回。他如果不是被捕了，永远都见不到她。她告诉吉尔最好别给她打电话，因为他们复合没什么好结果，而他只要继续跟我这种朋友出去玩，无所事事，吃吃沙威玛①，抽抽大麻，看看女孩子，不会有什么好处。她这么说我时，我没打岔，因为她的话语里真的有些温情，再说，这也是事实。"我真要迟到了。"她说，钻进甲壳虫。她绝尘而去时，还从窗口挥手告别。

然后我们走迪岑戈夫街，从警察局回家，一路上沉默无语。这对我来说很平常，但对古尔来说真的很难得。"告诉我，"我们到我住的街区时我跟他说，"你想我们去暴揍奥利特的那个男朋友一顿吗？""算了吧，"古尔嘟哝，"他人还不错啦。""我知道，"我跟他说，"但你如果想，我们可以去打他个满地找牙。""不了，"古尔说，"我现在借你的自行车，去舒普玛看一下奥利特。""当

---

① 含有羊肉、鸡肉、火鸡肉、牛肉、小牛肉或混合肉，置于烤肉叉（通常垂直摆放）上烧烤的小吃，可以烤一整天。食用时将肉削下，其余部分留在加热的旋转叉上。类似土耳其烤肉。

然。"我说，把钥匙给了他。

奥利特值夜班时吉尔去看她，这成了吉尔的消遣。老实讲，从理论上看，躲在灌木丛里五个小时，看一个人在收银台打电话，把阿司匹林和棉花棒装进小包装里，真的只能是出于无聊。但不知怎的，涉及奥利特时，古尔的那些理论似乎从来都不灵。

十八岁姑娘的奶子

"什么都比不上十八岁女孩的奶子啊,"出租车司机边说边对一个天真地想掉头的人按喇叭,"相信我,你的牙如果一整天都能埋没在一两个这玩意儿里,秃斑就会消失了。"然后他笑着,摸摸头上曾经长过头发的地方。"别误会我。我有两个那个年龄的孩子。我如果抓到女儿跟了个我这个年纪的老头——我不知道自己会对女儿做出什么事来。但事情就是这样,这是天性,上帝就是这样创造了我们,对吧?所以告诉我,我干吗应该羞愧?那儿,看看那个,"他朝一个听着随身听、没转身的姑娘按喇叭,"你说她几岁?十六?看看那屁股。跟我说实话,你喜不喜欢那两瓣儿?"他又按了几次喇叭才放弃。"什么都听不见,那小姐,"他解释道,"因为那盘磁带。我跟你说,你看过那样的成色之后,怎么能再回你老婆身边?""你结婚了?"我问,试图让声音听上去有指责意味。"离了,"司机咕哝道,想从后视镜里多看那个听随身听的女孩两眼,"相信我,连想想回老婆身边去这事都不愿意想啊。"

广播里正在放一首忧伤的歌,那司机想要跟着唱,可他太开心了,找不准节奏。他调到别的台,另一首忧伤的歌。"都是因为那狗屎直升机事件,"他跟我解释,好像我刚从火星回来,"直升机在空中失事了。你听说了吗?新闻播过了。"我点点头。"我敢说,他们要抹杀我们所有的选项,除了坏消息和忧伤的歌。"他在一条人行横道边为一个戴着调整背带的高个年轻女孩停下车。"她也不赖,呃?"他说,犹豫了一小会儿,"也许得再给她一两年时间。"然后他也朝这个女孩按了喇叭,只是为了安全起见。他继续换台,锁定一个正在从失事现场发回报道的频道。"你看我,"他说,"有个孩子在军队里,在作战部队。两天没他的消息了。我觉得有灾难发生时,电台应该放点轻松的东西,是吧?我想说的是,他们非得让我们所有人都无端郁闷。想想他的妈妈,我的前妻,她不得不老听这种关于战士们哀怨好朋友死在军队里的歌,而不是一些能缓解心情的歌。来吧,"他突然握住我的手,"我们给她打个电话,猛戳一下她的神经。"我没回答,他握我的手时我略微惊讶。"嗨,罗娜,咋样?"他已经对着免提电话吼了,"都好呗?"他跟我使个眼色,指指一个女人,那是个加斯迪,开着一辆富士重工,停在我们旁边等红灯,脸搽得雪白。"我很担心约西,"一个纤细刺耳的嗓音在那头回答,"他没打电话。""他怎么打电话呀?他在部队里,在野外。你在想啥呢,难道前线也有投币电话?""我不知道,"女人说,"我有点不好的预感。""你真是事儿多,你跟你那些预感都烦人,"司机又跟我使眼色,"我正在跟身边这乘客说呢,我了解你,知道你正在操心。""怎么,你难道不急?""才不,"司机笑了,"你知道为啥?我又不像你,我仔细听了广播里的重要消息,不像你,只听中间那些催人泪下的故事。他们说的是,直升机里全是伞兵,而我们的约西不是伞兵,所以你干啥着急?""他们说的是'也有'伞兵,"罗娜咕哝,"这不代表没有其他兵种。"信号很差,但我能听出她在哭。"帮我个忙,有个父母专线。打去问问他们他的情况。快打吧,为了我。""我不是跟你说了嘛,"司机坚持说,"他们说了只有伞兵。我现在才不打,弄得自己一副蠢样。"他没从电话那头得到回答,继续说:"你要想像个傻子就打吧。""好吧,"她试图让声音听上去强硬,"那你把电话挂了。""好吧,听你的,"司机说,挂了电话,"现在她会花上十小时联系他们,没任何事,就是叫他们帮她查查情况,"他停顿片刻,干笑,"真顽固,这人,谁都不听。"他透过挡风玻璃寻找可以让他按喇叭的人,不过街道上几近空无一人。"相信我,"他说,"一个年轻的丑女孩,也比一个漂亮的记事板似的老女人强,我是凭经验告诉你啊。一个年轻姑娘,即使长得难看,皮肤也很紧致,奶子也很坚挺,身子有种气味,年轻的气味。我跟你讲,世界上有许多美好的事物,但一个十七八岁女孩的身子……"他哼出广播里放的另一首歌,哼了两句之后,电话响了。"是她,"他朝我笑,又使个眼色,"罗娜亲爱的,"他把脸凑近免提电话,仿佛是个电台播音员,正跟听众调情,"你怎么样呀?""挺好,"女人努力用开心但听上去正式的声音回答,"我就是打来告诉你,他们说他没事儿。""你打来就为这个呀?"司机笑了,"你这傻瓜,我十五分钟前就跟你说过他没事,是吧?""你是说了,"她叹息,"但我现在才感觉好多了。""那真是太好了。"他企图挖苦地说。"好了,我去睡了,累死我了。""好梦,"司机把手指按在汽车电话的挂机键上,"下次,你听我的不?"我们快到我家了。出租车拐上雷奈斯街时,他看到一个穿超短裙的女孩转身,他按喇叭时,女孩被吓到了。"看看那人,"他说,试图掩饰眼泪,"你说,你忍心对她不好吗?"

歪　了

　　他给雅尼夫带了个戴鸭舌帽的玩具猴。你按猴子的后背，它会发出一种奇怪的嚎叫，伸出长舌头探到鼻子，超过眼睛。达芙那觉得这玩具很丑，雅尼夫会怕的。但事实上，雅尼夫看上去很高兴。"哇啊啊啊！"他试图模仿猴子的嚎叫。他不能用舌头碰到眼睛，就眨眨眼，然后愉快地笑了。孩子感到开心实在太好了，这是最重要的。以爸爸阿夫纳当下的心境来说，也没有什么能比得上此刻的快乐。

　　他给达芙那带的是香水——在免税店买的——她先前把香水牌子给他写在了一张纸上。有小瓶装的和大瓶装的，他毫不犹豫地买了大瓶的——丈夫阿夫纳在钱上从来不小气。"我要的是淡香水，"达芙那说，"我在纸上写了。""那怎么办……"他不耐烦地问。"没关系，"达芙那口是心非地苦涩一笑，"你还是买了。对我来说太浓烈了，但也很不错。"

他给妈妈买了一条健牌女士香烟。他考虑礼物时,妈妈那份很容易定。"我想让你知道我很担心雅尼夫。"她说,拆开香烟纸盒外面裹着的透明包装纸。"雅尼夫怎么啦?"儿子阿夫纳用一种知道自己正在对付谁的冷漠声调问。"儿科门诊的医生说他身高偏矮。他被踢了,都不踢回去,但是这……""你是什么意思,'他被踢了'?有人踢他?""我踢他的,轻轻地,不是真踢,还推了几下,我是教他怎么保护自己。但他只是蜷缩在角落里尖叫。我跟你说,他明年就要去幼儿园了,他要是到那时还没学会保护自己,其他小孩会把他做成肉酱的。""没人会把他做成任何东西,"他生气了,"至于你,别再表现得像个歇斯底里的奶奶了。""好吧,好吧,"他妈妈撅着嘴,点了支香烟,"但你让我说完,因为我还有很多话要说。最让我担心的是,这孩子不知道怎么叫'爸爸'。你听说过不会叫'爸爸'的孩子吗?而且不是因为他不会说话。他知道很多词——'饼干','宝贝','猫咪',我能列出一串,但就是不会叫'爸爸'。如果不是我,他也学不会叫'奶奶'。""他不叫我'爸爸',他给我取了个绰号,"他努力笑了笑,"你不用这样夸大其词。""不好意思,阿夫纳,但'你好!'可不是绰号啊,'你好!'是你听不清电话里的声音时会说的话。你要知道,他对楼下的邻居阿维夫直呼其名,但对自己的父亲喊'你好!',好像你是个抢了他车位的小阿飞。"

"这国家像个女人,"商人阿夫纳用吃力的英语对德国投资者说,"美丽,危险,不可预测——这是它魅力的一部分。我不会用它交换世界上任何其他地方。"他经常不能肯定自己所言是否为实,现在也是如此,但有一点他是确信的,他跟投资者在一起时,脑海中没有那些可怕的念头:"这个国家是西方世界指甲下的黑色污垢——这儿是欧洲,但只有尘土和汗水。"不,你要那样想的话可赚不到钱。"告诉我实话,赫尔曼,"他笑着,对刺着雅致文身的侍者递过信用卡,"你们法兰克福有地方做得出这么好的寿司吗?"

他完事之后,他们片刻间一动不动。她四肢着地跪着,他俯在她身上。他们没动,也没说什么,好像害怕坏了这侥幸发生的好事。他觉得累了,把头靠在她肩上,闭上眼睛。"我们在一起时感觉真好。"达芙那呢喃,像是在对自己说,实际是说给他听的。他觉得受了骗。她说她感觉好就行,情人阿夫纳毫不避讳地想,干吗非要把我也拽进去?他翻过身,眼睛仍然闭着;他能感觉到她滑动着摆脱他的身体,而他自己陷入了席梦思里。"我们在一起时感觉真棒。"她不厌其烦明确道,手以业余医师的动作沿着他的脊柱游走,像是测量从他的脑干到龟头有多长。他继续往席梦思里陷。"说点啥呀。"她在他耳边低语。"说什么?"他问。"没关系,"她悄声说,"什么都行。""你不觉得他不会叫'爸爸'很奇怪吗?"他问,凝视着她,"你知道吗,他已经会说'苹果'了,还会说楼里一半人的名字。""我一点都不觉得这有什么奇怪,"达芙那恢复一贯的事务性口吻,"他叫你'你好!'时你就过去了——所以他认为你的名字叫'你好!'。你如果介意,就去纠正他。""我其实不介意,"他喃喃低语,"我只是想知道这是不是正常。"

晚上,观察者阿夫纳坐在电视机前看着雅尼夫,他正玩着玩具猴,那猴子不知怎的不叫了。"你好!"雅尼夫对他叫道,挥着手里的玩具猴,"你好!""爸爸。"爸爸阿夫纳祈求地低声说,声音几不可闻。"你好!"雅尼夫坚持,粗暴地挥着猴子,"歪了①!""叫'爸爸'我就修好它。"商人阿夫纳以惊人的严厉口吻说。"你好!"雅尼夫号啕,"你你——好! 坏——歪——了!""随你便,"阿夫纳不让步,"要么'你好!'和'歪了',要么'爸爸'和'哇啊啊啊'!"雅尼夫听商人阿夫纳模仿猴子的嚎叫,一下子僵住,然后爆笑起来。一开始,普通人阿夫纳觉得这笑很讽刺,但一会儿之后,他明白那是衷心的开怀大笑。"哇

---

① 原文为"bwoken",小孩子咬字不准,把"坏了"(broken)说成了 bwoken,本处姑且译为"歪了"。

啊啊啊!"雅尼夫笑了,把猴子扔在地板上,坚定地走向他,步子还不太稳,"哇啊啊啊!你好!""哇啊啊啊!"爸爸"你好"号着,把欢笑的雅尼夫荡到空中,"哇啊啊啊啊!"

婴 儿

在他二十九岁生日那天,凉爽的微风吹拂沙滩,这个他知道。是的,他离那儿很远,因为她讨厌沙子和海水,但他还是知道。沙滩上总有凉爽的微风吹拂。他们乘着出租车从某地回家,一路上,他抓着生日包装纸包裹的纸板盒。那个纸板盒里的礼物,是他收到过的最大号的礼物。并不是最漂亮的,但确实是最大的。一路上,他一直用胳膊搂着她,吻她的脸颊、乳房,很惊讶她对每一枚吻都不尴尬。他付车费时,那个丑陋的司机说他从没见过感情这么好的夫妻。他开了那么多年出租,环游这城市就像秃鹰盘旋于敞开的墓穴,但从没见过他们这样的夫妻。司机说的第二点是,他在自己的身体里感到了热力。一种被掩埋的热力,只有在罕见的情况下,一个伟大的真理将要发生时才会产生的热力。他之后在床上告诉她他那时是怎么想的。她说他如果需要来自一个连在私家车道上都开不直的麻脸出租车司机的正能量,那他们的关系真的该结束了。他俯卧在她身上,说她有颗非常善良的心,让他十分爱恋。她哭得像个公主,说她希望他爱她,爱她的全部,而不仅是她的器官。他们的眼睛慢慢闭上,他在她身边入睡时,海风沁凉他的脸庞,让他蜷缩起来,像个小孩,像个婴儿。

怎样让好剧本成为精品

我的女朋友觉得我是个软蛋，因为我总是受骗上当，而且长了张贱贱的讨打的脸。一个月前，我们刚刚退伍，去美国游历了一番，她说我买门票时挨了宰。她还觉得我太瘦了。但她说，至少关于我的身材，她实在没什么好抱怨的，因为那是我控制不了的事。昨天我们在纽约闲逛，有个家伙，是个黑人，站在大街中部的人行道上，周围有大约一百本书，书铺在曼哈顿才有的弯弯曲曲的石子路上，每本书上都印着黄色的字："怎样让好剧本成为精品"。我私下里总是梦想着写剧本，这个梦想在孩提时代就有了。我试着写了好几篇"草稿"，但从来没有成型作品，显然也谈不上有"精品"，所以我最后报考了心理学。但黑人和他的书这件事让我感到很神秘。有点神启的意味。

我的女朋友跟我说，别妄想向那个黑家伙买书，因为他卖的那些书肯定是偷来的，或是盗版书，或者满是蛀虫。反正，都是些在犹太教规看来不洁的东西。但我没有让步。我的生活里很少出现神启,我没挑三拣四的资格。"好吧,至少检查一下书页是不是空白的。"她说。我检查了。每本书卖七美元。我只有百元大钞。那个黑人找不出零钱。"帮我看着这些书,"他跟我说,"我去那边的报摊换零钱。"我的女朋友在我耳边用希伯来语说,别让他走。"对一个黑人来说,一百美元可是一笔财富,"她说,"他现在就要横穿马路,你要跟你的一百块说再见了。"但我没听她的。那伙计在人行道上留下一百本书,这些书值七百美元呢。我知道他会回来的。而他果真回来了。

他朝着我们的方向穿过马路回来时,笑着对我们招手,手里有一沓十美元的票子。我真的很想对女朋友撂几句重话,但就在这时候,他被一辆卡车撞倒。他当场死了。你立刻就能得出这个结论,因为他趴在地上,眼睛却看着天空。他还在微笑,那样子有点吓人。朝他跑去的卡车司机除了肚子,浑身精瘦。他的腰围不是一般的壮实。从远一点的地方看他,他就像一条吞了篮球的蛇。司机不断啜泣着,嘴里大声嚷着求神原谅的话,直到一辆巡逻警车开来,把他带走。巡逻车到来之前来了辆救护车。医生合上那黑伙计的双眼,试着分开他攥着钱的手指,但我猜手指仍然使劲攥着钱。所以他们最后别无选择,只能把仍旧握着我们那被换成了十张十块的一百美元的他抬进救护车，然后把车开走。

警察到达时，女朋友对我说，我必须跟他们讲讲钱的事儿，否则医院里的人会把钱昧了去，或者捐给慈善事业。我不怎么在乎这件事，只想尽快离开那里。但我知道，对她来说，这是原则问题，她不会放弃的。所以我去找领头的警察，把整件事情告诉他。他咒骂了我一顿，让我赶紧从他眼前消失。我觉得他不相信我。我女朋友说我应该坚持，但警察这次更不友好，还说我如果不闭嘴，他就要以扰乱治安的罪名逮捕我。然后他们和那个腰围粗壮的瘦子进了巡逻车，把车开走了。女朋友让我从人行道上拿十五本书，这些书差不多跟我们付的钱等值，多出的五块美元算是对我们拿这些毫无用处之书的补偿。

我那晚在旅馆里睡不着，就读起了书。从每本书里读一个章节。第二天早晨，我告诉女朋友，我不准备去学心理学了。她说我的问题是，我不知道自己想从生活中获得什么，归根结底，这是因为我太瘦了，又是个软蛋。我领悟得太晚，现在是拿不回注册费了。

我们回到以色列，她离开了我，我开始写剧本。这个剧本讲了一对双胞胎的故事，他们是由一个黑种女人和一个白种男人生的。双胞胎里一个是白皮肤，一个是黑皮肤。在剧本中，白种男人的父亲憎恨黑人，所以双胞胎出生后，他烧了他们的房子，母亲葬身火海。她的丈夫跑进屋去救她，但也死了。只有双胞胎幸存下来。他们俩被分开，在两个不同的城市长大。但他们在心中一直知道自己不是孤身一人。四十年后，他们相见了，但是在很令人伤感的情境下。因为白的碰巧撞了黑的。但那个黑伙计在被撞前一刻意识到他遇见了自己的孪生兄弟，所以他死时脸上是幸福的笑容。这个笑容，给了他的兄弟在多年被鸡奸的牢狱生涯里熬下去的力量。

与此同时，我的前女友找到新的男朋友，他叫杜比，是个医科生。我问他，双胞胎有没有可能一个是黑人，另一个是白人。他说这是不可能的，还说我如果还有一点点职业操守，就应该永远埋葬这个剧本。他这么说的时候，鼻翼翕动一下，额头上爆出一条粗粗的青筋。我觉得他有点嫉妒。

铁　律

通常，我们不在公众场合接吻。塞西尔穿着大 V 领衣服和充满挑逗性的鞋子，但实际上是个很害羞的人。我是时刻注意身边状况，从来不会忘记自己所在场合的那类人。但事实是，那天早晨，我忘记了，而我们突然发现我们俩，塞西尔和我，在一家咖啡馆的桌边拥抱接吻，像是一对试图在公众场合偷偷来点小小亲密的高中生。

塞西尔去洗手间时，我将咖啡一饮而尽。我用余下的时间整理衣服和思绪。"你是个幸运的家伙。"我听见一个操浓重得克萨斯口音的声音在身边不远处说。我转过头。邻桌是个戴棒球帽的老家伙。在我们接吻时，他一直坐在我们身边，我们没注意到摩挲和呻吟都落到了他的培根和鸡蛋上。真是太尴尬了，但道歉只会更糟。所以我向他报以羞怯的一笑，点了点头。

"我真的不是责备你，"老人继续说，"一个人结婚后很少会出现这种状态。很多人结了婚,那种感觉就消失了。""如你所说,"我继续笑,"我是个幸运的人。""我也是,"老人笑,把手举到空中,给我看他的结婚戒指,"我也是。我们在一起四十二年了,还没开始觉得无聊。你要知道,我的工作就是常飞来飞去。让我告诉你,我每次离开她,都觉得想哭。""四十二年,"我礼貌地吹了声长长的口哨,"她肯定很了不起。""是的。"老人点点头。我可以看出来他在考虑要不要拿张照片出来,他放弃这主意时,我松了口气。气氛每时每刻都在变得更加尴尬。但他很显然是出于好意。"三条原则,"老人笑了,"三条铁律,帮我坚持到现在。你想听听吗?""当然。"我说,示意服务员再给我来杯咖啡。"第一,"老人向空中挥出一根手指,"每天试着发现一件我爱她的新事情,即使是微不足道的事情。你知道,比如她接电话的方式,假装不知道我在想什么时嗓音提高了,诸如此类。""每天?"我说,"那肯定很难。""没那么难,"老人笑道,"你领悟了窍门之后就没那么难。第二条原则,我每次看见孩子们——如今看见孙辈们也是如此——都跟自己说,我对他们一半的爱实际是出于爱她。因为他们有一半来自于她。而最后一条原则——"他继续说时,塞西尔从洗手间回来了,坐在我身边,"我每次旅行回来,总会给妻子买个礼物。即使我只出去一天。"我点点头,保证会记住他的话。塞西尔看着我们，有点儿困惑；我实在不是那种会在公众场合起话头聊天的人，那位老人，大概意识到这一点，起身离开了。他碰碰帽子，跟我说："坚持下去。"然后他向塞西尔微微鞠躬，离开了。"我的妻子？"塞西尔露齿而笑，扮了个鬼脸，"坚持下去？""没什么，"我轻抚她的手，"他看见了我的结婚戒指。""哦，"塞西尔吻吻我的脸颊，"他看上去有点奇怪。"

在飞回去的航班上，我独自坐一排，三个座位都归我。但和往常一样，我睡不着。我想着跟瑞士公司实际上并不会有什么进展的生意，我给罗伊买的有无线操纵的游戏机，以及其他事情。我想到罗伊时，试着认为我对他的爱中有一半实际上是对米拉的爱，然后我试着想我爱米拉的某件小事——她的表情，她发觉我说谎时试图保持镇静。我在空乘人员推过免税商品时给她买了个礼物，年轻的空乘说如今每个人都在买、她自己也在用的一款新型法国香水。"告诉我，"空乘说，向我伸过古铜色的手背，"这气味好闻吗？"她的手闻上去的确很香。

拉宾死了

拉宾死了。事情发生在昨晚。它被一辆挎斗摩托车给撞了。拉宾当场死亡。摩托车上的家伙伤得非常严重，失去知觉，他们用救护车把他带走了。他们碰都没碰拉宾。它已经彻底没救了，所以他们的确什么也做不了。因此蒂朗和我把它带回家，埋在我家的后院里。然后我哭了起来，蒂朗很激动，叫我别哭了，因为我搞得他心烦意乱。但我还是哭，过了没一会儿，他也哭了起来。我真的很爱拉宾，蒂朗也许爱它更多。随后我们去了蒂朗家，有个警察在前楼梯处等着逮捕他，因为摩托车上的家伙在医院苏醒，向医生告发了蒂朗。他告诉他们，蒂朗用撬棍猛击他戴着头盔的脑袋。警察问蒂朗为什么在哭，蒂朗说："谁在哭啊，你这他妈的法西斯猪。"那警察搁了他一巴掌，蒂朗的父亲出来了，想记下这个警察的名字和职务，但警察不肯告诉他。五分钟不到，那里聚集了不下三十位街坊邻居。警察让他们悠着点，他们则让他悠着点。人们推搡起来,看上去又有人要屁滚尿流了。最后警察离开,蒂朗的爸爸让我们俩都去他家客厅里坐下,给我们倒了点雪碧。他让蒂朗抓紧时间,在那警察带着增援返回之前告诉他发生了什么事。所以蒂朗告诉他,自己用一根撬棍敲了某个人的头,但那个人是活该,不过那家伙对警察告发了此事。蒂朗的爸爸问,那家伙到底是为什么活该挨打,我立刻看出他已经大为光火。所以我告诉他,是摩托车上的那家伙先挑起的,因为是他先用摩托车撞了拉宾,然后他辱骂我们,又跑来抽我耳光。蒂朗的爸爸问他这是不是真的,蒂朗没有回答,但点了点头。我看得出他渴望来支香烟,但他很害怕在他老爹身边抽烟。

我们是在广场上发现拉宾的。我们一下车就发现了它。它是只小猫咪,冻得瑟瑟发抖。我、蒂朗,和我们在那儿遇到的一个肚脐上打着钉子的上城女孩一起,去给它找点牛奶喝。但咖啡吧不卖牛奶给我们。农家汉堡店没有牛奶,因为那儿是卖肉食的,而且他们信奉犹太教,不卖牛奶制品。最后,渔人街上果蔬店里的人给了我们半品脱牛奶和一只空的酸奶杯。我们给它倒了点牛奶,它一口气就把牛奶喝光。阿维什格——那个肚脐上打着钉子的女孩——说我们应该叫它沙龙,因为沙龙是和平的意思,而我们正是在拉宾为和平而死的那个广场上发现他的。蒂朗点点头,问她的电话号码,她说蒂郎是个很可爱的人,但她已经有男朋友了,在军队里。她走了,蒂朗拍着小猫咪说,我们再过一百万年也不会叫它沙龙,因为沙龙是个娘娘腔的名字。他说我们会叫它拉宾,让那婆娘跟她在军队服役的男友去他妈的,他才不在乎,那妞脸蛋儿挺俊,但身材糟透了。

蒂朗的爸爸告诉蒂朗,好在他还是个未成年人,但这点在这次没多大用处,因为用撬棍猛击别人的脑袋跟在糖果店偷根口香糖不是一回事。蒂朗仍然不置一词,我看得出他又想哭了。所以我告诉蒂朗的爸爸,一切都是我的错,因为拉宾被撞时,是我嚷嚷着告诉蒂朗的。而摩托车上的那个家伙,一开始人挺好的,对自己的所作所为深表懊悔,并问我在叫嚷什么。我告诉他那只猫叫拉宾之后,他失去了理智,掴了我一巴掌。蒂朗告诉他爸爸:"首先,这坨屎在停车标记前不停车,撞了我们的猫,然后还过来打了西奈。你能指望我怎么做?让他就这么轻易地走?"蒂朗的爸爸没有回答。他点燃一支香烟,然后没太当一会儿事儿似的又点了一支给蒂朗。蒂朗对我说,你现在最正确的做法是在警察来之前赶紧跑,这样我们当中起码有一个人可以置身事外。我让他打消这念头,但他爸爸也坚持如此。

我上楼前,在拉宾的墓前停留了一分钟,想着我们如果没有发现它，会发生什么事。我想着如果那样，它的生活会如何。它可能会被冻死，但也可能会被另外的人发现并带回家，那么它就不会被撞死了。生命中的每件事都是运气。那个人类拉宾——所有人在广场上的大型集会上唱了和平赞美诗之后，他如果再踱上几步，而不是走下楼梯，可能现在仍活着。那样他们打死的就是佩雷斯了。至少他们在电视上是这么说的。又或者，广场上那婆娘如果没有个在军队服役的男友，就会把电话号码给蒂朗，那我们就会给拉宾取名为沙龙，那样他虽然总归还是会被撞死，但至少没人会挨顿胖揍了。

看上去很好的一对儿

我没什么好失去的，姑娘想，一只手帮他松开自己的胸罩，另一只手倚在门框上。他要是操得不带劲，我至少能说我有过一次糟糕的性爱，他如果操得我爽，那就更好了，我能享受一下，还能说我有过一次美妙的性爱。他如果之后对我不好，我报复他时还能骂他阳痿。

我没什么好失去的，小伙子想，她如果能让我爽，那我太走运了，她如果肯给我口交，那就更好了——她即使不能让我爽，起码算是一个姑娘。第二十二个。实际上是第二十三个，如果把用手弄出来的那次也算上的话。

有事情要发生了，猫想，人类进来，撞到家具，大声喧哗，这是会发生那种事情的夜晚，好多吵闹的声音。我很久没喝牛奶了，碗里仅有的那点食物非常差劲。外面那只猫看到这空罐子可能会笑，但我舔过这空罐子之后，知道它没什么可笑的。

我很乐观，姑娘想，他让我感觉挺舒服，算温柔。也许这是有戏的前兆，这说不定是爱情呢。很难判断这种事情。我有次对一个与他差不多的人动了真情，但最终还是崩了。那个人很好，但是以自我为中心，主要对他自己好。

我很乐观，小伙子想，我们如果走远了，她大概不会中途放弃，但就算这样又如何，我遇到过几个那样的姑娘。令人难以忍受的对话。在客厅一坐几小时。你卷入例行公事的推心置腹，好像真有什么深沉无比的事情正在发生。但那样也比做选择好。尤其是在看电视吃焗豆时。

我看得明白，电视机想，我明白地看到他们怎么打开我，然后离开房间，或坐在我面前却不真心看节目。他们如果不厌其烦地换台，会发觉我不光有体育、电影片花和新闻，还有很多其他节目，但他们必须稍微深入发掘。而他们盯着我，就好像我是个蠢货。如果有好看的电影，或是他们喜欢的球队比赛得了分，那最好不过，如果没有这些，他们就走开。

天冷了，猫想，太冷了。三周前还有太阳，我坐在空调外机上，开心得像个国王。但现在我快冻成冰了，而他们正相互取暖，狂欢作乐，怎会在意此刻很冷呢。而白天，只有喧闹和烟灰。我觉得，我和这个国家里的如此种种已经共存很久了。

我为什么总是喜欢冷嘲热讽？姑娘想，我为什么必须从头至尾都在思考，而不是享受一下，睁大眼睛看着他？我只关心他是怎么看我的。

等等，最好别发展太快，小伙子想，太快就没劲了，也不酷。她看上去是那类把她惹毛了她会喋喋不休的人。做这种事是有技巧的，我曾经听说过，如果不那么享受，让自己稍微置身事外，会持久一点。

他把我锁上了，门想，两道锁，从里面反锁的。大多数时候，他把我开着，可能锁不锁与来访者有关吧。也许他锁我时是下意识的，因为他内心希望姑娘留下来。她看上去像个好人，有点儿忧伤，有点儿狡黠，不过是个好人。是那种你如果打开她的心窍，会发现里面满是甜蜜的人。

我要起来去趟洗手间，姑娘想，但我害怕。地板看上去黏黏的。一个单身汉的公寓，还能怎么样。而我如果现在穿衣服，就为了走那几步，会像个疯子或笨蛋。我可不想那样。绝对不想。没门。

我真是个人物，小伙子想，一个了不起的赢家。我有话要说，但是不知怎的，说不出来。也许她懂我的感觉？

我想我要喵喵叫了，猫想，我没什么可失去的，而他们如果发现我，也许会爱抚我一下，在碗里倒满牛奶。很多时候，女孩像猫，我知道，我有经验。

看上去很好的一对儿，门想，要是有什么好事发生，他们如果能住到一起，我会很高兴的。这地方绝对需要有个女人打理。

我无缘无故地紧张，女人想，地板比我住的地方干净，卫生间也是。他的眼睛真漂亮，他进门之后还一直抱着我。我不知道会不会有事要发生，但就算止步于此，也很好了。

我如果会弹奏一种乐器，男人想，我小时候如果坚持弹下去，现在也许会更好些。有时候，我脑海中有些旋律。她的步子太可爱了，踮着脚尖，好像害怕地板上的脏东西。好在钟点工每周五会来打扫。

我有个好节目正在播放，电视机想，但肯定不会有人看。气死我了。这比从我身边走开更糟糕。我要不是在静音上，肯定要喊叫。

角　度

　　这游戏明明叫台球，他们三个不知为何却称之为斯诺克。不过叫什么名字没啥要紧，要紧的是可以消磨时间。他们可以每天在咖啡馆的台球桌前见面，举行迷你锦标赛，好像有事可做。他们基本上势均力敌的，因为唯一有点经验的人，因为是靠资助长大的，身体协调性不好。第二个人身体协调性非常好，但不是很有进取心。第三个人进取心强得要命，但选不好角度。意思是，每次轮到他打的时候，他的打击谬之千里，一点获胜的机会都没有。

　　台球是两个人玩的游戏，所以他们中总会有一个人坐在一边，喝喝咖啡，打打电话。受资助长大的人会打电话给女朋友，会在手机上对她说童语，用手指摩挲听筒的塑料部分，就好像在抚摸她的嘴唇。真是奇怪，男人跟女朋友说话时，怎么像蠢蛋似的，尤其他们如果真爱她们的话。因为你如果只是跟一个人做爱，会特别注意保持理性，而你如果真的坠入爱河，说话就特别恶心。说到做爱，那个协调性很好的人从来不点拿铁，只点小杯的普通意大利浓咖啡，试图摆平他上周调戏过的所有女孩子给他打来的电话。挂了一个，又跟另一个说话，循环往复。他为了确保没有一段用来玩玩的关系会变得太过认真，花了很多工夫，没哪个姑娘在他身上成功过。从远处看这件事，会觉得蛮伤感的。

那个进取心很强的人，是唯一不点东西也几乎不用手机的一个，可见他多么专注于打球。他曾经试图定下规矩，他们在打球期间都要关手机，但令他有点沮丧的是，其余两个人拒绝了，因为他们俩都有意避免完全投入到打球中去。他坐在边上时，不喝东西也不说话，大部分时间用在懊恼自己输了前一轮。不知怎的，他总是面临同样的问题，在关键一击之后，找不到角度。事实上，他很少坐旁边，因为他实在太投入了，每次出现失误都要耍赖皮。另外两人几乎总是由着他来，因为你如果三年在和同一个女友交往，或同时有四个小妞让你感觉很糟时，你会把输一场斯诺克当成转机的征兆。所以他们俩任由第三个人打下去。那个好胜心强的人内心知道，他如果想赢，必须继续耍赖皮，但他这是在骗最好的朋友。这很困扰他，因为他在内心深处是个很诚实的人。于是他开始寻找不同的解决办法，朋友们走了之后还留下来练习，试图弄清自己到底在哪儿做错了。旁观者会觉得这样的景象蛮凄惨的：一个三十二岁的秃头老顽童击打着球，用球杆尖端瞄准，几乎每次失误后都要无声地咒骂自己。

  事情就这样持续了许多天，直到在那儿工作的女服务生决定帮助他。她教给他一个简单的技巧：他在击球前的十分之一秒，一定不能想击球的事儿，应该想点别的，一些好的事情。出乎他的意料，这个技巧几乎总是奏效，他突然间打得太好了，朋友们都不想再跟他玩了。他们俩都说是这个原因，但事实上另有原因。受资助长大的人打算当爸爸了，孕检，房屋按揭，各种无痛分娩课程让他忙得团团转。有许多女朋友、脑子里想着坏事情的那个人，不能长时间集中精力保持球杆笔直。所以好胜心强的这个人只能跟女服务生对打了。女服务生总赢他，但他真的无所谓。这个女服务生叫凯伦，有一条铁律——绝不跟顾客约会，但好胜心强的这个人从来没点过任何东西，她不能把他当成顾客。所以至少在理论上，他是有机会的。

最后一个故事，就这样啦

那晚，妖怪来取他的天赋时，他没有争辩，没有抱怨，也没有碎碎念。"公平的事情就是公平的，"他说，给了妖怪一块松露巧克力和一杯柠檬水，"一直以来，一切都很酷，很精彩，很伟大，但时间到了，拿去吧，你是在尽自己的本分。我不会让你为难的。但如果不是太麻烦，你能不能在拿走我的天赋之前，让我再讲一个故事。最后一个故事，就这样啦。如此一来，我能回味得久一些。"妖怪看着松露巧克力外的银箔纸，发觉自己接受这块糖果是个错误。总是好人带给他的麻烦更大。他对付那些烦人的家伙从来没碰到过问题。你到了那里，移动灵魂，揭开搭扣，取出天赋，结束了。随他们天长地久地怨声载道吧。你是妖怪。你查验他们，按照名单找下一个。但那些态度好的人，那些说话真的很轻柔、给你松露巧克力和柠檬水的——你对这种人能说什么呢？"好吧，"妖怪叹气道，"最后一个。短点，行吧？已经快三点了，我今天还有两个地方要跑呢。""很短，"那人疲倦地笑笑，"可以说短得很。最多两页。你可以在这段时间里看电视。"

妖怪又大吃了两块松露巧克力后，在沙发上舒展四肢，摆弄起遥控器来。与此同时，在另一个房间里，给他松露巧克力的家伙在键盘前以极稳定的匀速敲击起来，一刻不停，像在自动取款机上输入有百万数的密码。"我希望他最后能写点真正的好东西出来，"妖怪心里想道，盯着公共电视频道的一部关于自然的影片，一只蚂蚁慢慢地爬过电视机屏幕，"那种有许多树木，小女孩寻找双亲的故事。那种故事的开头就会强烈地吸引你，结尾痛彻心扉、让人心中郁结。这家伙真的是个好人。不仅人好，而且很高贵。"妖怪为这家伙着想，期盼他就要收尾了。已经过了四点，二十分钟后，最多半小时，不管这家伙有没有写完，他都必须揭开搭扣，取走天赋，赶紧离开。否则，他们会在仓库里有他好受的。他想都不愿去想这件事。

但那家伙真的很会写。五分钟后，他从另一间房里出来，大汗淋漓，手里拿着两页纸。他写的故事的确好。不是关于小女孩的，不是一开头就扣人心弦的那种，但是极其动人。妖怪这么告诉他时，那家伙一脸激动。那激动的笑容，到妖怪取出他的天赋，把它折叠得很小很小，放入一个塞满泡沫塑料粒的特殊小盒子里时，还在他的脸上。这家伙自始至终，一次都没有流露出受难艺术家的表情。"跟你的老板说声谢谢,"他告诉妖怪,"告诉他我用它度过了一段绝妙的时光,这天赋还有它带来的一切。别忘了这茬。"妖怪跟他说好的,并思忖自己如果不是妖怪而是人,或者他们在其他情况下相遇,他们会相处得很愉快的。"你想过之后要干吗吗?"妖怪已经站在门边,关切地问。"还没想好。我猜我会更经常地去海边,见见朋友,诸如此类的。你呢?""工作,"妖怪说,把盒子背到背上,"我的脑子里除了工作,没有其他念头。相信我。""话说回来,"那家伙问,"只是好奇,他们最终会怎么处理所有这些天赋呢?""我不太清楚,"妖怪坦言,"我的工作到仓库为止。他们在那里清点天赋,在我的送货单上签字,就这样。至于这些天赋之后会怎样——我一无所知。""你们处理完天赋,如果还有多余的,我会很高兴能把它拿回来。"这家伙笑了,拍了拍盒子。妖怪也笑了,但笑声中带着厌烦。他走下四层楼梯,满心想的都是这个家伙写的故事,还有这份回收天赋的工作。他曾经很享受这份工作,但现在突然感觉这就是一坨屎。"还有两站要跑,"他走向汽车时试图安慰自己,"再跑两趟讨厌的差事,今儿个就万事大吉了。"

黑　米

黑米在三十一岁上，发现他身边亲近的人对他有过的期待，他几乎全都达成了：

他正如人们所希望的那样成功，但仍然保持谦逊，这让他父亲很自豪。他在婚姻中的表现，也正是父母和妻子希望他成为的样子。他除了有点痔疮，身体也很健康。可是，他并不开心——这经常让他感到沮丧。毕竟，他的妈妈在他还很小时就希望他开心。

一些激动人心的事

黑米如果想求得一些东西，会想求什么呢？

安宁？安宁是无声，它是个洗浴泡泡，它如野草般疯长，它在你关上冰箱门，冰箱里的小灯熄灭后发生。总而言之，安宁就是虚无。我们死后终会拥有大把的虚无，这是确定无疑的。黑米觉得自己目前需要的是一些完全不同的东西。一些无所谓叫什么、但能令他悬心的东西，比如鲸鱼的哭喊。一些激烈的事情，一些艰巨、危险但依然能成功的事情。一些可以充盈他的灵魂，导致灵魂满溢却仍容纳得下它的事情。一些激动人心，真的激动人心的事情，比如爱情，或是一个使命，或是一个能将世界以光年向前推进的主意。他需要的是这样的东西。至少有一件，最好是两件，立刻就会发生。因为他正在失去生命的活力。他并未表现出热望，但内心真的有所渴望。"我听说苏珊娜·薇格①要来了，"他妻子说，没从报纸上抬起眼，"去听听？""干吗不呢？"他笑着，从脸上擦去汗水，希望妻子没看出他有多焦虑。"她的第一张唱片我真的很喜欢，"妻子说，"我对第二张就没那么喜欢了。第三张我没听，但每个人都说很糟。他们说她还出了本只能在网上订购的书。我们可以去买票，再叫上雅埃尔，我确信她也会想去。"

雅埃尔是他妻子的一个好朋友。不是很漂亮，也不算特别有

---

① 苏珊娜·薇格被认为是上世纪八十年代民谣运动复兴的领军人物，她经常怀抱着木吉他出没于格林威治村的俱乐部，唱着经由她自己改编的黑人布鲁斯歌曲及现代民谣歌曲。

趣。但是个肤色姣好、气息芬芳的水性杨花的女人。他结婚前幻想过那类女孩,边打飞机边祈祷眼前能出现一个。但那纯粹是打飞机时的幻想。没实现幻想没什么要紧。如今,他结了婚,又忠诚,就更没什么要紧了。

"你想怎样都行,宝贝。"他说,几乎是惨兮兮地在"你"上加重语气。

票子很贵,演出很无聊,但也很感人。她唱的时候看上去很伤感,黑米看了着实伤心。在某个时刻,他想象自己站在舞台上亲吻她。一枚电光石火的亲吻,让她当场臣服于他。随后她又唱了首安可曲。接着尽管他们给予她热烈的掌声,她没有返台再唱一首。她回美国去了。也许自杀,他想,在他小心不打翻给妻子和雅埃尔买的饮料时,在为下一场排练时。是啊,大概会自杀吧。

一颗破碎的心

他和一个自杀身亡的人有过关联。不是情感上,是肉体上。这事发生在军队里。那时他在总参谋部的司令部供职,他那天因为靴子没刷亮受到指责。他走过高高的司令部职员大楼时,有人在他身边坠地,血肉横飞。是个女兵,心碎了,他们说,是个下士,叫丽雅特什么的。之后他记起,她坠落时,他听到头顶有阵啸叫。但他没抬头看。他对落地的声音也没留下太深的印象。

他满身溅了她的血,到了审讯处。他们让他走了。丽雅特·阿特拉斯。这是她的名字。事后他们又找他,要他在宪兵的调查中作证。他只知道这么多。事情不能就这样下去。他也许需要治疗。

很多耐心

黑米的治疗师浑身多毛。

黑米的治疗师拿了好多钱。

黑米的治疗师说治病需要很多很多耐心。

他大多数时候只是听着。

他说的通常是些蠢话,或是恼人的问题。

治疗需要很多很多的耐心。

某次他告诉治疗师:"也许我应该闭嘴一会儿,你告诉我一些你的事情?"黑米的治疗师给他一个听过这种挖苦人的话不止一次的疲倦微笑,这个笑容表明他没什么可说的。从表情来看,治疗师唯一感兴趣的,是谜团竭尽全力诱惑。谜团。像是小伙子和姑娘第一次约会时的那种不确定性,他会吻她吗,她会同意吗,她如果同意,她的身体看上去怎样?全裸?谜团是治疗师唯一胸有成竹的事,他不会轻易放弃。

在治疗过程中,他们有五十分钟什么话都没说。黑米在那五十分钟里想,治疗师如果是个美丽撩人的女人会怎样,黑米如果从椅子上站起身,吻她修长光滑的脖颈会怎样。她会有怎样反应?一记耳光?或许是一声有些惊讶的呻吟?只可惜治疗师不是个美丽撩人的女人。"需要很多很多耐心,"治疗结束后,治疗师开发票时告诉黑米,"许多耐心。"然后他们俩都打开日程表,假装他们真的会再会面。

科幻小说

他读到过一篇对一个婚姻顾问的访谈,那个婚姻顾问说,夫妻为了让关系重新升温,应该一起赤身裸体擦洗浴缸,或买用糖做的内衣裤,彼此舔舐,直到糖融化。黑米和妻子从来没有实行过他在报纸上读到过的这个复杂的点子,但他们疲惫地相处了半年后,突然开窍了。在未来主义的电影里,总有那种追踪一个人活动的武器，它显示出某种特殊效果之后，那人有了反应，而后不知怎的，所有事情豁然开朗。他和妻子成功地发现了彼此的一些秘密。"我们干吗不出国？"一天他回来后，妻子咕哝，"我们从没在国外做过爱。""我们在西奈做过。"他试图辩解。"西奈不算。那是埃及，"妻子说，向他靠过来，吻他的双眼，"我们去个海外国家嘛。我们去希腊。"

这 儿

最终，他们没去希腊。他们努力了，但是没用——妻子的缘故。他在工作中可以很容易用到网络，他花了好几个小时在网上注册。他注册成功后，花了很多时间查看自己认识的人，那些他在工作中和生活中认识的人。一次，在荷兰无政府主义流行音乐 DJ 聚集的网站上，他找到楼上邻居的名字，要么是同名者。但他在哪儿都找不到自己。他很快就学会击败系统，潜入一些站点。从此以后，他访问了许多那种站点，在他最近一次搜索中，他的名字有了七十次的点击量。"我必须从这里出去，"他想，但他知道，他只要不能解决"这儿"是哪儿这个问题，就毫无胜算。

彻底孤独

一晚，他做了个近乎预言的梦。在梦里，他身处一个遥远国度，全裸地坐在人行道上。他不太确定自己在梦里的那个地方干吗。他低头看脚边，想看看地上是否有钱。如果有，即使只是一个硬币，他也能把自己想成是乞丐。但那儿什么都没有。黑米觉得他在梦里也许是个不太成功的乞丐，或不太成功的街头表演者。很奇怪，他不管什么时候做梦，最感兴趣的是自己在梦里从事的职业。即使在最抽象的梦里，那种你掉光了牙齿或正在下沉的梦里，他首先想到的总是："我是个下沉中的船长吗？一艘装载导弹的军舰上的军官？或是个渔夫？"他被梦中的混乱攫住，仍不断努力，努力通过衣着确定自己难以捉摸的职业是什么。只是在这个他完全赤裸地坐在人行道上的梦里，他的职业完全不重要。他全裸这一点也没什么大不了。这个梦的重点是有些地方完全不同了，一些不能以名字来指称的地方。在黑米梦里的那个黑米，感到事情不能用语言表达了，而真实的黑米，在梦里是个拜访者，只想着跟职业有关的事儿，有点尴尬梦里的黑米不太喜欢他。很奇怪，黑米想，在自己的梦里嫉妒你自己。为什么？因为全裸？因为坐在人行道上？因为彻底孤独？

另一番想法

妻子最终离开了他。很奇怪。他想了很久,她如果了解了他们俩的状态,会哭碎了心,或捶他,或两者皆有,诸如此类的。与此同时,他也观察妻子是否能说出自己的想法。从他的角度看,他们俩似乎很无辜:想着蛋糕和甜点,假期,水疗,她母亲的健康。但最终结果是,她也有另一番想法,一些让她离开他的想法。离开没关系。离婚嘛。他们如果有孩子,或许会找出解决办法,或至少为了孩子不断尝试。但他们没孩子,如此一来,连个可为之努力的人都没有。

尼西姆

黑米的妻子离开两天后的那个晚上,有人迟疑不定地敲门。黑米漠不关心地去看是谁,开门时没先通过门镜看一下,不准备给来人任何开心和期待的表情。站在门口的是尼西姆·罗曼和他的小女儿福尔图娜,他们的胳膊弯里满是奶制品。"我们的冰箱突然坏了,"尼西姆·罗曼害羞地说,"那是台破冰箱。早上维修员来,我要让他下地狱。我想,你家冰箱里现在如果有空间,我们能在你的冰箱里存放一点东西。"黑米为他们打开冰箱,尼西姆掩饰不住尴尬。"好多空间。"他投给黑米一个尴尬的笑容,福尔图娜在空架子上把奶制品整齐地堆成小堆。"我们明天会来拿,"尼西姆保证,"一大早。"他和福尔图娜回去了,留下黑米一个人。

黑米整夜无法入睡。他不知自己何时入睡了,梦见自己偷偷潜去冰箱那边,喝了属于尼西姆·罗曼和他眼神忧伤的女儿的脱脂奶,随后惊恐地醒了。他想要喝脱脂奶的贪婪欲望有点吓人。非常吓人。第二天早上,小女孩拿走所有东西。然后黑米才得以入睡。五分钟后,爸爸打来电话,叫醒他。

守旧者

如果说黑米的爸爸擅长什么事情,那就是写悼词。他总能一语道出死者会让我们想念的品质。黑米的爸爸还年轻时,没有多少机会运用这项天赋异禀。但如今他和朋友们都年过七旬,他的机会一抓一大把。"维尔瓦赫昨天死了,"他在电话里告诉黑米,"你知道,你妈妈讨厌他,再说,她早已定好在葬礼那天打喀纳斯特纸牌,所以她不会去。你能陪我去葬礼吗?"黑米回忆自己站在三十二度高温下的公墓里,在父亲所谓的"守旧者"敞开的墓穴旁,听着一个不自信的笨拙拉比背诵各种奇怪的呢喃自语,耐心地等着父亲和往常一样摆出怅然若失和悲伤难抑的样子,酝酿自己和其他人的感情。不过维尔瓦赫之死真的让他悲伤,所以情况很简单。他试着回忆小时记忆中维尔瓦赫的面容,但想不出一张清晰的脸。他只记得,此人有种奇特的能力,拥有其他人的特征。黑米每次在街上遇见他,都确信他是菲尼哈,爸爸的另一个朋友,或曾在比亚力克街开过杂货店的普利斯金先生,或其他人。黑米的爸爸也总会搞糊涂。每个人都会。想要恭维他的妇女们会告诉他,他让她们想起某个电影明星,而事实上你不管挑出哪个明星,他都能让你想起那明星。在敞开的墓穴边,黑米的爸爸说,维尔瓦赫这辈子对此太习惯了,以至于他听到街上有人叫出任何一个名字,他都会回头,因为他确信他们是在叫他。"一次,我们坐在阿维夫咖啡馆里,"爸爸悼念道,双眼湿润,"维尔瓦赫问我是否觉得所有人在其他地方也会犯相同的错误,在街上看到其他人时大喊'维尔瓦赫!维尔瓦赫!'"

没有一幢房子没有蟑螂

尼西姆和小女儿站在他们家的后院里,呆呆地盯着一个身穿印着"艾希曼灭蟑公司"T恤的男人。T恤背面底部有一张一只巨型蟑螂在挣扎的图片。灭蟑螂的人试图打开阴沟盖子,一边跟罗曼一家讲卫生部的首席昆虫学家曾告诉他,没有"不生蟑螂的房子"。蟑螂总是有的,不过因为它们只在黑暗中现身,你不会注意到它们在你身边。你发现一两只,意味着实际上有一大堆。果然,好像有一百万只蟑螂从盖子打开的阴沟里急急窜向四面八方。"哎哟!"小福尔图娜尖叫,逃开了,尼西姆·罗曼穿着人字拖跟在她后面仓皇而走。后院里只剩下灭蟑螂的人,一大群受惊的蟑螂垂死挣扎,黑米穿着父亲坚持要借给他的褐色西装,疯狂地出汗。"从一个葬礼到另一个葬礼,呃?"灭蟑螂的人停止向阴沟喷药,指着黑米的头。黑米这时才意识到,他仍然戴着他们在公墓给他的硬纸板圆顶小帽。

多十倍

一天一次或两次,黑米会偷偷从面朝她新公寓的几棵树间窥视前妻。大多数时候,她没做任何特别的事,只是些从他们结婚起他就知道的事:看电视,许多书,和雅埃尔一起看场电影。她洗澡之后,会从镜中盯着自己的胴体,掐遍全身,扮可爱的鬼脸。你看到她做这个仪式很容易就会喜欢上她,黑米想知道这是不是新发生的情况,还是她也许总这样做,只是他之前没发现,因为他只是在他们分手后才开始窥视她。他想,她有很多事都是我不知道的,而我们还在一起时我如果就知道这些事,我会爱她多十倍。我自己也许也有一百万件这样可爱的事,她当初如果知道,就不会想离开我了。谁知道呢——他们也许错过了很多好事情。那些事只呈现于黑暗中,像蟑螂一样。他们没注意到它们,并不意味着那些事不存在。

增值税

"想想看,"黑米的爸爸曾经说,"我从没去过印度,而你总是想去那儿。你妈妈也说,她很高兴能有几周没我的日子,好好休息一下。你看怎么样?"他看见黑米犹豫不决,继续道,"看看我,我的日子结束了。如今我只剩下增值税。没有太多承诺,没有太多顾虑。只有几小杯意式浓缩咖啡,以及和我可爱儿子一起的悠闲时光。或许,我如果有时间,可以来点徒步旅行。你也是。儿子,你在这儿还有什么?你打算偷窥前妻洗澡到什么时候?最后他们会逮捕你,或者你会从树上掉下来。花点时间跟爸爸去看看世界七大奇迹之一不是更好吗?"

印 度

德里饭店楼顶的旋转餐厅只循环播放一首歌,法兰克·辛纳屈的《我的路》。一遍又一遍,一日三餐皆如此如此。不停地听同一首歌快让黑米抓狂了。黑米的父亲迈着大步,和着辛纳屈一遍一遍地吹口哨。黑米拒绝屈从于如此命运,在他们到那儿的第三天,决定讨个说法。"为什么总是同一首歌?"他向经理提出。笑容可掬的印度人,像印度人那样,慢慢地摇着头:"这就像问同一个餐厅为什么老是转啊转。餐厅转啊转是因为这是德里最好的餐厅。歌也是这样。《我的路》——最棒的歌,在德里,我们在最棒的餐厅里只放最棒的歌。"

"你说得对。但还有其他很多很棒的歌啊。"黑米想说服他。

"《我的路》是最棒的歌,"经理带着坚定的笑容,重复这句咒语一样的话,"没有第二首这么好的歌献给客人了。"

拉马特甘

旋转餐厅之外的世界看上去更怪异,黑米宅在酒店房间里,而他的爸爸英勇地挺进外部世界，回来时满怀新鲜的经历以及狐朋狗友。他们很高兴乘电梯上十四楼，见见他虽然有点抑郁但才华横溢的儿子。

黑米的爸爸厌倦了德里，拖着悲伤的儿子一路向北，去看美得令人窒息的村庄，黑米在那儿也享受起来。美景，印度人的慷慨和开朗，连同爸爸的守旧者的故事，以难以置信却不可阻挡的纷纭混杂之势进入黑米的脑海。他在日落时分骑着大象，听到细致有礼的拳击手悲伤的人生故事：他从德国弗莱堡来到拉马特甘，白手起家，开了家"原子酒吧"，用一记可怕的左勾拳，使了五分力气，就打到了辛克维奇兄弟俩，尽管他在内心深处相信击倒顾客是会背运的，的确，三年后，一个满是文身的毛利人受当地一个妓女侮辱，放火把酒吧夷为平地。

印度人也很喜欢黑米爸爸的故事。他们听得非常认真，几乎总是在正确的地方大笑，有时候黑米会忘记他们一个字也听不懂。黑米在更认真地观察之后发现，与其说他们在听故事，不如说他们实际上全神贯注于他爸爸赤裸的便便大腹，每当他描述到特别滑稽或感人的事情时，肚子就会摇动。他爸爸的下腹部有个切除阑尾时留下的刀疤，一个印度人用破碎的英语告诉黑米，刀疤变红，他们就知道故事进入危险的转折。黑米的爸爸泰然自若地面对整群听众，大声回忆，吞下满嘴口水，讲着哈马韦迪尔街传奇流浪拾荒者希亚·巴巴拉特，一晚，他赶着马车潜入镇子，砍掉所有"马匹勿入"的标识，随后把标识残片撒在市政部停放机动车的后院。黑米很好奇，印度人如果真的听懂了会怎么想。他们大概会把拉马特甘想象成一个很有异国风情的地方。即使对就在故事发生地三公里外的哈萨鲁姆路上长大的黑米来说，爸爸口中的拉马特甘听上去也像个遥远的所在——不仅在空间和时间，还在另外一百万个他叫不上名字来的向度上。

非常像

黑米爸爸的死突如其来。爸爸突然觉得不太舒服，突然一阵头晕眼花，突然一场发烧，他们突然需要医生但找不到医生。爸爸喝了很多，待在屋里休息。他始终面带笑容。他发烧，但告诉黑米他觉得挺舒服。"就像一瓶黑麦啤酒下肚，"他笑道，"只是肚子不痛。"黑米单独跟他在一块，也觉得他好像没有大碍。但黑米根据租房给他们的印度人关切的表情判断，情况很严重。黑米的爸爸很平静，且那并非假装的平静，因为假装平静对病情没什么作用。毕竟，这不关乎死亡，只关乎增值税的税额。总之，他的生命很久前就结束了，在那之后发生的所有事都是额外的，就时间覆盖广泛的税率来说，在那以后的一切算是跟他的可爱儿子在一起的优质冒险。

他死之后，黑米把他葬在他们待的房子的后院里。印度房东试图劝说他，最好把遗体火化，但他看到黑米很固执，就去找了几把铁锹，跟他一起挖起来。他们将坟墓掩盖完毕，已经是晚上了。黑米处理大拇指在铁锹上磨出的水泡，琢磨在墓碑上题什么词。真是奇怪，他爸爸那么擅长拟悼词，而他连一句话都想不出。

他想到的他与父亲唯一相关的事情，就是他的容貌非常像父亲。纷繁复杂的思绪蹦入他的脑子，有些思绪告诉他，他把父亲埋在这儿是错的，他应该把遗体弄回家，所以他应该立刻打电话回去，打给他无比思念的母亲，或许也打给曾非常喜爱他爸爸的前妻，这悲情的状况也许会让她出于同情，回到他身边一小会儿。还有些思绪与巴尔巴拉，维尔瓦赫，原子酒吧，与黑米不曾知晓、刚被黑米的爸爸串连起来的世界有关。还有些思绪关于护照和卢比，关于"现在将会发生什么"。还有短暂的审视——关于生活至今怎样保护他，他就像一只被装在有衬垫盒子中的法贝热彩蛋。他还想到自己在整整三十二年的生命中，几乎没有面对过任何人的死亡（只有两个人）：父亲，以及在司令部心碎坠亡于他身边地上的女兵。他坐着，等待所有这些思绪消逝，但他发觉思绪不停闪现。他站起来，在坟头树了根木头，拿起一支黑色记号笔，用粗体字写了"守旧者"几个字。

福尔图娜

爸爸去世后，黑米继续在印度漫游，但心中并没有什么目的地。有时候，他毫无来由地觉得无聊、糟心。但他很多时候没有什么原因也觉得愉快。他在离奥然加邦不远的一个小镇遇见一个印度姑娘，那个小姑娘看上去像极了他邻居的女儿福尔图娜。她正和另外一个年纪大一点的小女孩玩跳房子，和原来那个福尔图娜·罗曼一样，印度的福尔图娜在整个游戏中也秉持认真态度，赢了之后眼神也是悲伤的。游戏结束后，他跟去印度的福尔图娜家，发觉她也住在一个带花坛、位于街道左边的公寓里。他与她保持一段距离，所以看不见她按门铃后，是谁给她开的门。给她开门的那个人说的是印度语，但开门者的声音听起来像尼西姆·罗曼，令他非常惊讶。这就意味着他们对门的公寓可能属于印度的黑米。黑米渴望去敲那扇门,但没那个胆子。

  他坐在台阶上,试图想象门后面印度黑米的生活是什么样子。印度黑米到底会有多像他。印度黑米是不是也离婚了,他的父亲是不是还活着,他的父亲是不是也有关于奥然加邦的古老故事,他老婆的印度女友闻上去是不是也有水性杨花的气味。三小时后,门开了,出来一个留着八字胡的冷冰冰的印度年轻人。他望着黑米,黑米望着他,两人都没垂下目光。几秒钟后,黑米觉得极其不自在,站起身走了。他在内心深处希望那个忧伤的印度人跟他没有一丝一毫相像的地方。

没有情感关联

  黑米漫无目的地游荡,没打一次电话给妈妈,他感到内疚,心绪恶劣。他也没给前妻打电话,没打给任何人。总而言之,他在印度总共也没跟几个人说过话,大多数时间都是独自度过的。他到了普纳的客栈,那儿有三个以色列托钵僧违背他的意愿,用希伯来语对他聊起存在主义。他们中话最多的那个叫贝希尔。有时候,其他两个托钵僧叫他摩西,但他会纠正他们。贝希尔告诉黑米,任何人只要一眼就能看出他远离了内心,这是一件令人忧伤的事，因为贝希尔本人也曾远离内心。他在工商管理学院读过书，而现在回溯往事，他在半明半昧之间明白了自己遭受过可怕的痛苦。黑米试图假装听不懂贝希尔所说的希伯来语，他其实是个来自意大利的游客，但他的口音露了馅。"伙计，"贝希尔把手放在黑米的肩头，"你必须学会信任。跟自己保持沟通。你不知道身上正在发生什么事吗？你魂灵出窍了。"黑米真心没意识到自己身上正在发生什么事，也不懂"魂灵出窍"是什么意思，挪得离自己内心更远了：给贝希尔下巴来一记重拳，但他打偏了，滑了跤，头咣的一声撞在桌角上。就在此刻，三个托钵僧发现两个德国小妞，冲过去提出跟她们不带感情地一起参与密宗修行，那会帮助所有参与者与真实的自我联系起来。

魂灵出窍

事实是，摩西，或贝希尔，不管他叫什么，是有道理的，黑米的确魂灵出窍了。他愤怒，无聊，思乡，诸如此类的思绪快让他爆炸了。他觉得自己是个受害者，觉得自己该受指责，觉得自己堂堂正正，觉得自己没有名字。他不仅是这么觉得，还坚信。

举例来说，他的一个典型想法是：晚上，我们说自己要睡了，会上床去，闭上眼睛，但不是真的入睡了。我们只是装出睡了的样子。我们闭上眼睛，有节奏地呼吸，假装睡着了，直到谎言逐渐成真。也许死亡也是如此。黑米的爸爸不是立刻死去的。整个过程中，他闭上眼睛，纹丝不动，你仍然能感觉到他的脉搏。爸爸将要死去的样子，也许跟某个人将要睡去的样子很像——他只是假装，直到假的变成真的。如果是这样，在那个进程中，黑米如果打断他，像个小孩子似的跳上爸爸的床，撑开他的一只眼睛确认，大叫"爸爸！"，挠挠他——整个谎言也许会被揭穿。

谢 谢[①]

黑米回到房间，他的额头在流血。他没有急救药箱，也不想去问客栈老板要一个。他在门边遇到一个有点眼熟的游客。她用破碎的英语告诉他她是法国人，很愿意借条绷带给他。他告诉她他是意大利人，末了还加了句意大利语的"谢谢"。但他们俩都很清楚，他们是两个厌烦了在东方遇见其他同胞的以色列人。她

---

① 原文为意大利语。

帮他缠上绷带，跟他说英语，而黑米对她微笑，试图想起来自己是在哪儿认识她的。最终，两个人毫无计划地做爱了。事毕，他们告诉了彼此真名后，他想了起来。"茜万·阿特拉斯？"他表情扭曲地笑了，"我想我见过你姐姐，愿她安息，即使只是一小会儿。"

晚上，茜万哭了，但至少从她的外表来看，哭泣让她感觉好些了，黑米看上去也感觉好些了。黑米任凭眼泪如热气球上被丢弃的超重沙袋般流淌。他们躺在彼此的臂弯中，黑米觉得自己只要松手放开她，就会朝着天花板飘浮。第二天早上，茜万根据计划继续去了达兰萨拉，而黑米没有这计划，就留下了。

一种严肃的幻象

他点了支香烟。前段时间他还试图戒烟，但他现在觉得，这其实没什么大不了的。"你还有烟吗，也给我一支？"印度巴巴问，这是个欲罢不能的守财奴，有点令人讨厌。"没了，"他撒谎道，"这是最后一支了。"一个特别漂亮的荷兰背包客在他们身边停下，寻找旅店。印度巴巴说了些关于整个世界如何就是个大旅店之类的胡言乱语，从她那儿顺走一支没过滤嘴的"好长采"香烟和一包无糖口香糖。黑米也试图跟她搭话，但看出她没兴趣，就回复到灵修状态。"美吧，呃？"印度巴巴对他笑。"当然，"黑米点头，但又说，"漂不漂亮有何区别呢，巴巴？反正我并不真的存在，是吧？""你想跟她搞，呃？"印度巴巴暗笑，吸了一口香烟。"我如果并不真的存在，她也如果并不真的存在，我怎么跟她搞啊？"他反驳道，"相信我，所有实有的存在不过是一种严肃的幻象。你是个巴巴。在所有人中，你应该知道我是什么意思。""我想把她的脑袋拧下来。"巴巴坚持道，对黑米置若罔闻。奇怪的是，在湿婆散布在全世界的巴巴中，黑米只能选择当出租车司机的这个。通向开悟的道路数不清。比如佛陀，通过绝望走向涅槃，禅宗则通过无为。研究印度巴巴走的路很有趣。他陷入冥想状态中时，身边的现实变得更为尖锐，拂拭掉自身的每一缕尘埃与混沌。"我还需要一些钱去买木豆。"印度巴巴轻轻地推他，直到他回应，买回木斗后又在他身边吃起来，小心翼翼，不把衣服弄脏。"你觉得那个荷兰小妞要去哪儿？"他嘴巴里塞得满满的，问。"她并不真的存在，"黑米坚持，"她只是一种念头。"那个印度巴巴又有点渴了，向他借点钱买可乐。"有一次，"巴巴说，"我跟一个旅行者上了床。不怎么爽，一身肥肉。但她从头到尾一直笑。我很喜欢笑起来的姑娘。"黑米感到周遭的每样事物正逐渐消失，就像很久以前的一个念头，一段几乎被忘却的记忆。"我一会儿就回来，"

印度巴巴说，"我想去调查一些事情。"黑米点点头，知道时间只是一种幻象。"你给我点零钱，我去给我们俩买点香烟。"印度巴巴说，开始鼓捣鞋底。"看看我的鞋子，彻底裂了。你觉得那个荷兰宝贝儿怎么样？她看上去是不是对这种事有兴趣？"印度巴巴走开去买烟时，佛陀拜访了黑米，一如既往地笑容可掬，丰满圆润，他大肚皮的肚脐下侧显露出一道熟悉的疤。佛陀给他带了个礼物——满满一柳条篮的马勃。黑米吹了吹其中一只马勃，整个世界消失了。

第二次机会

表面看来，它像是一种特别服务——有创意，革命性，怪异，你想怎么形容它都行——但你走到这一步之后会发觉，"第二次机会"是二十一世纪最伟大的经济成功故事。和大多数伟大想法偏向于单纯不同，"第二次机会"背后的理念有一点复杂："第二次机会"让你在生活中某一特定关键时刻，有在两种可能的道路上并行的机会，而非只能选择其中一条。决定不了是流产并甩掉男朋友，还是跟他组建家庭？不能确定该去海外白手起家，还是留在父亲的公司里？你现在可以同时体验两条路。怎么个弄法？嗯，这样：你到达了人生最重要的十字路口，却不能打定主意，去离你家最近的"第二次机会"门店，把你的两难处境的完整纲要给他们。然后选择其中一个选项，随便选哪个，然后继续过你的日子。别担心，另一个选项，你没选的那个，并没有消失。他们会把它运行在一台"我当年如果……"的电脑上

(Reg 文件,"Tr."标签),仔细跟踪所有的变量。你一旦过完整个人生,你的身体会被带去一个"未走之路"会所,所有数据片刻间被输入你的大脑,你的大脑会因一种为了这项服务开发的特殊生物电子程序继续存活。所以实际上,你的大脑可以给你曾可能拥有的另一种生活体验,巨细靡遗。

> 米莉还是希莉?哭泣还是欢喜?
> 平静的晚年还是尽早切腹自尽?
> 一个孩子还是一条小狗?试管婴儿还是领养孤儿?
> 搬去迈阿密还是原地踏步?
> 在"第二次机会"。你不管做什么——
> 都能获得蛋糕,也能吃到它。

完美。真的。这个理念没什么可讽刺的。这是个很棒的理念。我的意思是,并没有什么真正满足人类需求的发明。百分之九十九的发明只是一些有冲劲的销售和没骨气的消费者丑陋的合谋。而"第二次机会"显然在那重大、有益、仅有的百分之一里。不过它对马克斯会有用吗?

我们的马克斯一条道走到黑,行动之迅速,直如利箭和闪电。到现在为止,没有如果,没有但是。马克斯的爸爸——怎么说呢,就完全是另一番光景了。马克斯的爸爸不仅选择了"第二次机会",还不停地谈论它:"要不是有那该死的'第二次机会',我绝不会——我真的绝不会——跟你们那讨人厌的妈妈结婚。"他每天至少要跟马克斯说一次诸如此类的话。"我发誓,有时候我都想朝自己的脑袋崩一枪,好尽快去体验'未走之路'。"(顺便说一句,一枪崩碎脑袋显然不是个好选择。"第二次机会"解释,万一大脑组织受了重创而影响服务质量,他们是免责的。)马克斯知道爸爸并不真的是那个意思,他也希望妈妈能意识到这点。妈妈也许意识到了,但仍然因为爸爸的举止而苦恼。"他选择的'第二次机会'如果跟我有关,"马克斯试图安慰妈妈,"他会同样执迷不悟:'我想朝自己的脑袋崩一枪,过一段没有这个任性孩子的新生活。我如果明天就死了,我打赌他都无所谓参不参加葬礼。'你知道爸爸的,他说这些话跟你没关系。"

他的妈妈在"第二次机会"中的选择与他有关,但她非常机智,从来没泄露过这一点。在她的设定中,"未走之路"会让她迅速离婚,有了一家成功的企业和幸福的第二段婚姻。她可以过一种对谁都没有伤害的美好生活。

马克斯喜欢曲线曼妙、皮肤黝黑、巨乳厚唇的女人。莎娜虽然非常非常漂亮，但完全不是这个类型。她瘦骨伶仃，平得像飞机场，双唇差不多只有信用卡厚。但就像老话说的，爱情是盲目的。马克斯坠入了爱河。他们在结婚之前没有选择"第二次机会"，在双胞胎出生前也没有。马克斯基本上抵触这件事。他说人应该为自己所做的决定承担责任。而莎娜很久以前在现实生活中拒绝前男友的求婚，但随后又使用了"第二次机会"。马克斯只要想到她死后会体验和另一个人的婚姻就会十分沮丧，但这也很有激励作用。让她感到选他没错，常常驱动马克斯努力做更好的丈夫。

多年以后，莎娜用完第一次机会，留下马克斯一个人六个月后，孙辈们问马克斯，他的"第二次机会"是什么，他说他没有。他们不相信他。"爷爷是个骗子，"他们叫嚷，"爷爷害羞了。"那时候，人们大多都不用"第二次机会"了，转而用"选哪个好呢"。你有有趣的第三种选择可以尝试，还不额外收费。

    因为两鸟在林

    不能打三只——全为了你。

    选哪个好呢

    没什么不同。

Etgar Keret

埃特加·凯雷特作品系列 01

什么样的故事,能让人不惜拿枪指着小说家的脑袋,甚至将他五花大绑,只为再听一个?

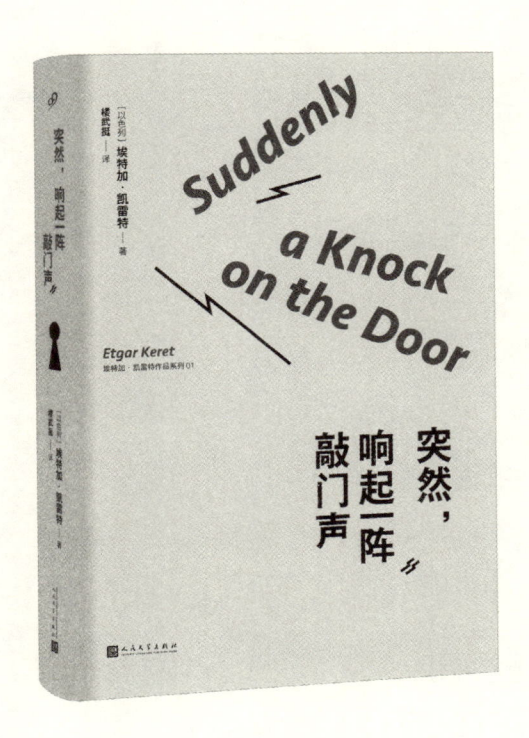

Suddenly, a Knock on the Door